KB114199

검선마도

조돈형 新무협 판타지 소설

FANTASTIC ORIENTAL HEROES

검선마도 16

조돈형 新무협 판타지 소설

초판 1쇄 찍은 날 § 2020년 2월 20일
초판 1쇄 펴낸 날 § 2020년 2월 27일

지은이 § 조돈형
펴낸이 § 서경석

총괄팀장 § 노종아
편집책임 § 김대용

펴낸곳 § 도서출판 청어람
등록번호 § 제387-1999-000006호
등록일자 § 1999. 5. 31
어람번호 § 제2-2827호

주소 § 경기도 부천시 부일로 483번길 40 서경B/D 3F (우) 14640
전화 § 032-656-4452 팩스 § 032-656-4453
http://www.chungeoram.com
E-mail § chungeorambook@daum.net

ISBN 979-11-04-92128-5 04810
ISBN 979-11-04-91930-5 (세트)

검선마도

조돈형 新무협 판타지 소설

FANTASTIC ORIENTAL HEROES

16

[완결]

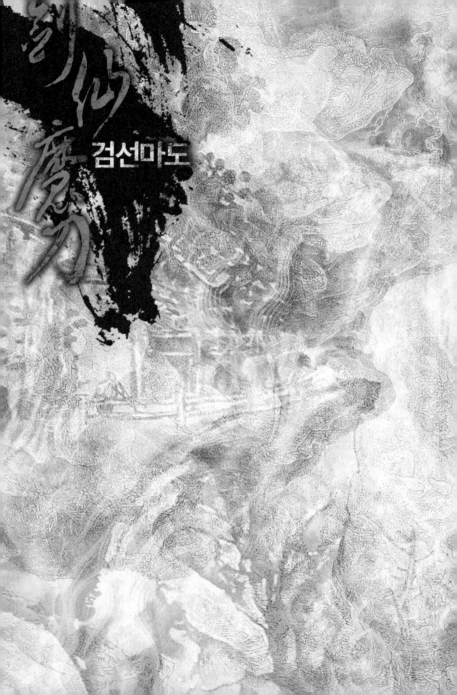

目次

제115장

격돌(激突)

"흥! 이제는 이것들이 아주 제 부하 다루듯 하려는군."

환사도문의 문주 위백양이 손에 든 서찰을 거칠게 구겼다.

"뭐라 적혀 있기에 그런 것이냐?"

전대 문주 위천이 물었다.

"최대한 빨리 서둘러 패천마궁을 공격해 달라는군요."

"약속된 날짜가 되려면 며칠 여유가 있지 않더냐?"

"예, 하지만 꽤나 급한 모양입니다. 연거푸 서둘러 달라는 서찰을 보내올 정도면."

위백양이 코웃음을 치며 품에서 서찰을 하나 꺼냈다. 하루

전에 도착한 전서였다. 그 전서의 내용 역시 방금 전에 받은 것과 다르지 않았다.

"당가는 어쩌고 있다더냐?"

위천의 물음에 위백양이 그의 좌측에 서 있는 동생에게 시선을 주었다.

위천과 위백양의 시선이 자신에게 쏠리자 위백경이 헛기침을 하곤 입을 열었다.

"사흘 전까지만 해도 무모할 정도로 공격을 해대던 당가도 현재는 움직임을 멈췄습니다. 아마도 남하하고 있는 서북무림 놈들을 기다리는 것 같습니다."

"흠, 어쩌면 우리를 기다리고 있는지도 모르지."

위천의 말에 위백양이 코웃음을 치며 말했다.

"참으로 우습게 되었습니다. 얼마 전만 해도 서로를 죽이고자 발악을 했건만, 이제는 오히려 손을 잡는 상황이 되다니요."

"세상사가 다 그런 것 아니겠느냐. 어제의 적이 오늘의 동지가 되기도 하고 그 반대가 되기도 하고. 그만큼 패천마궁의 존재가 부담스럽다는 말도 되겠지."

"패천마궁보다는 풍월 그놈을 부담스러워 하는 것이지요."

"그래, 네 말이 맞다. 참으로 대단한 놈이 아니더냐? 천하의 개천회가 이런 꼼수를 쓰게 만들다니 말이다."

위천은 그 옛날, 화산에서 잠시 만났던 풍월의 모습을 떠올리며 감탄을 금치 못했다.

"아무튼 길을 조금 더 서둘자꾸나. 개천회 놈들이 저리 조급하게 구는 것을 보면 뭔가 일이 틀어지고 있을지도 모르는 일. 어차피 개천회의 편에서 싸우기로 했으니 이렇게 빚을 남겨두는 것도 나쁘지는 않으니 말이다."

"알겠습니다. 무리가 가지 않는 선에서 속도를 높이도록 하겠습니다."

수천 리 길을 달려온 상황. 다들 지친 기색이 역력한 것이 마음에 걸렸지만 위백양은 별다른 토를 달지 않았다. 수하 부리듯 하는 개천회의 태도가 마음에 들지는 않아도 부친의 말에 동의를 하기 때문이었다.

*　　　　*　　　　*

"지, 지금 뭐라 했지? 환사도문이라고?"

순후가 경악스러운 표정으로 물었다.

"예, 환사도문입니다. 그놈들이 은밀히 접근하고 있습니다."

사유가 침통한 얼굴로 대답했다.

"그랬구나. 개천회 놈들이 녹림을 동원하여 궁주님의 움직임을 늦추려 한 이유가 바로 이것이었어."

순후가 머리카락을 거칠게 움켜쥐었다.

"우리가 실수했다. 놈들은 서북무림이 당가와 합류하기를 기다린 것이 아니라 환사도문을 기다리고 있었어."

"예, 그런 것 같습니다."

사유가 힘없이 고개를 끄덕였다.

"얼마나 오는 거지?"

"대략 삼백 정도 되는 것 같습니다."

순후가 입술을 꽉 깨물었다. 예상보다 숫자가 많았다. 당가와 서북무림을 상대해야 하는 상황에서 감당하기 버거운 전력이었다.

"그 많은 인원이 이동을 하는데 어째서 이제야 발견을 했단 말이냐?"

"모든 요원들이 당가와 서북무림에 집중되어 있었습니다. 게다가 환사도문의 이동 경로를 보면 우리의 시선을 의식해서인지 완전히 우회를 하였습니다."

"작심하고 왔다는 말이군. 그래서, 놈들의 도착 시간은?"

"거리상 늦어도 닷새면 도착할 것 같습니다."

"닷새라."

굳었던 순후의 표정이 살짝 풀렸다. 닷새라면 궁주의 회군과 시간이 거의 엇비슷했다.

"놈들의 이동 경로에 있는 문파들에게 경고를 보내라. 대항

하지 말고 무조건 몸을 피하라고 해. 지금은 자존심 따위를 세울 때가 아니라고 확실히 못을 박아."

"알겠습니다."

"궁주님께도 바로 보고를 드리고. 아, 화산에서 온 보고는 어찌 처리했지?"

"그렇잖아도 막 전서구를 띄우려 했습니다. 환사도문의 일과 함께 보고를 해야겠습니다."

"후! 궁주님의 상심이 크시겠구나. 어쨌거나 사문이라 할 수 있는데."

"많이 실망하실 겁니다."

"실망뿐이겠느냐? 참으로 멍청한 놈들이다. 어찌 그리 어리석은 판단을 했단 말이냐. 궁주님의 분노를 어떻게 감당하려고."

안타까운 표정으로 힘없이 고개를 젓는 순후, 그의 입에서 절로 한숨이 흘러나왔다.

*   *   *

"그러니까 장문인께선 완곡하게 거절을 하려고 했다는 말이군요."

"예, 어쨌거나 장문인은 궁주님을 화산파의 문인으로 생각하고 계시는 것 같다고 했습니다."

상당히 민감한 보고다. 은흔은 혹여나 풍월의 심기를 거스를까 최대한 조심히 말했다.

"꼭 그런 건 아닌데……."

말을 그리하면서도 풍월의 입가엔 슬며시 미소가 피어났다.

"또한 환사도문의 침입에서 궁주님의 활약으로 인해 위기에서 벗어나지 않았습니까? 그로 인해 화산파 제자들 또한 궁주님에 대한 경외심이 상당한 것으로 파악되었습니다. 다만……."

"다만?"

풍월의 짙은 눈썹이 꿈틀거렸다.

"화산파의 행보를 주도하는 수뇌부들, 특히 장문인보다 윗세대로 이뤄진 장로들이 당가를 도와야 한다고 강경하게 주장했다고 합니다."

"혹, 맨 위에 있는 사람이 송엽진인 아닙니까?"

"맞습니다. 그걸 어찌……."

"뻔하지요. 누구보다 날 싫어하던 영감이었으니까. 그래도 설마 했습니다. 일전엔 목숨까지 구해줬는데."

풍월은 환사도문의 전대 문주에게 피투성이가 된 채 사로잡혔던 송엽진인의 모습을 떠올리며 헛웃음을 흘리고 말았다.

호의(好意)가 악의(惡意)로 돌아왔음에도 화가 나거나 분노가 치밀지는 않았다. 그저 짜증이 날 뿐이었다.

"연화봉에 계신 분들이 결사적으로 반대를 하셨지만, 송엽진인을 필두로 장로들의 의견이 워낙 강경하여 뜻을 이루지는 못하셨다고 합니다."

"쯧쯧, 그렇잖아도 마음 약하신 사숙과 사형께서 낙심하셨겠네."

풍월은 애써 밝은 표정을 지었지만 씁쓸한 심정을 감추지는 못했다.

형웅이 가만히 술을 따르자 피식 웃음을 터뜨린 풍월이 단숨에 잔을 비웠다.

"아무튼 화산은 그렇다 치고, 환사도문 놈들이 우리를 치러 오고 있다고요?"

풍월이 술잔을 거칠게 내려놓으며 물었다.

"그렇습니다."

은혼은 풍월의 불편한 심기가 마치 자신의 잘못인 양 고개를 숙였다.

"몇 놈이나 온답니까?"

"현재까지 파악한 바로는 대략 삼백 정도 되는 것 같습니다."

"현재까지라면 인원이 더 늘 수도 있다는 말이군요."

"예, 하지만 가능성은 높지 않은 것 같습니다."

"어째서요?"

"그들 입장에서 보면 장거리 원정입니다. 단순히 머릿수를 채우는 것보다는 실력자들로만 구성해서 보냈다고 군사께선 판단하신 것 같습니다. 물론 추가로 움직이는 인원이 있는지 확인을 하고 있습니다."

"군사께서 잘 판단하셨겠지요. 그나저나 개천회 놈들도 대단하네요. 당가에, 서북무림에 이제는 환사도문까지."

어이없는 얼굴로 고개를 흔든 풍월이 형응에게 술잔을 내밀며 물었다.

"그런데 정말 어울리지 않는 조합 아니냐?"

"애당초 어울릴 수가 없는 조합이지요."

"그러니까. 얼마 전까지만 해도 죽자 사자 싸우던 자들이 이제는 한편이 되어 움직인다. 개가 웃을 일이야. 머리라는 게 있으면 이 조합이 무엇을 의미하는 것인지 알 수 있을 텐데, 과연 어떨지."

풍월은 그다지 기대를 하지 않는다는 듯 허탈한 웃음을 지으며 단숨에 술을 들이켰다.

"기대는 하지 않는 것이 좋을 것 같습니다."

형응이 딱 잘라 말했다.

"아무래도 그렇지?"

"예, 서북무림이 움직였다는 말을 들었을 때 저들이 개천회는 물론이고 패천마궁에 대한 견제를 한다는 생각이 들었습니다. 당가를 돕는다는 것은 웃기는 핑계고요."

"그것도 말이 안 되지 않냐? 언제 적 패천마궁이냐고. 갈가리 찢겨 넝마가 된 패천마궁이 뭐가 두렵다고. 답답한 인간들 같으니."

"정확히는 패천마궁이 아니라 패천마궁의 궁주가 된 형님을 두려워하는 것이겠지요."

형웅의 담담한 말에 풍월이 눈을 동그랗게 떴다.

"나를?"

"예."

"어째서? 나름 무림을 위해서 애썼다고 생각하는데."

"천마 조사의 무공을 이어받은 패천마궁의 궁주니까요. 그리고 천하제일인이기도 하고. 그래도 형님이 혼자였을 때는 단순히 질투는 했을지 몰라도 별 신경을 쓰지는 않았을 겁니다. 문제는 형님에게 패천마궁이란 힘이 생긴 겁니다. 저들과 수백 년 동안 피 튀기는 혈전을 벌인. 아, 게다가 흡성대법을 익힌 무림공적이라는 거창한 별호도 붙었군요."

"뭐야, 그러니까 저들은 내가 무림이라도 노린다고 여기는 거야?"

"예."

형웅이 단호한 표정으로 고개를 끄덕이자 풍월의 표정이 확 구겨졌다.

"어이가 없다. 내가 패천마궁의 궁주가 된 이유는 딱 하나, 개천회 때문이야. 그걸 뻔히 알면서도……."

"권력을 손에 쥔 사람은 늘 변하게 마련이라 생각하는 겁니다. 사실 그게 천고의 진리이기도 하고요."

"지랄한다. 줘도 싫다."

진저리를 친 풍월이 거푸 술을 들이켰다.

"개천회 놈들만 사라지면 이 짓도 그만둘 생각이었어. 솔직히 이게 나랑 어울린다고 생각하냐?"

"나름 어울리기는 하는데……."

풍월의 눈치를 슬쩍 본 형웅이 괴소를 흘리며 고개를 저었다.

"확실히 그건 아니네요. 형님이 어디에 얽매여 있는 모습은 그다지 어울리지 않아요."

"내 말이. 그런데 모르겠다. 정말 날 그런 놈으로 여긴다면 그렇게 변해주는 것도 나쁘진 않다는 생각이 문득 든다."

개천회 문제만 해결되면 궁주직을 던진다는 풍월의 말에 하얗게 질렸던 은혼의 얼굴이 다소나마 평온해졌다.

"그런데 걱정입니다."

"뭐가?"

"당가의 요청으로 서북무림이 움직였듯, 자칫하면 저쪽도 움직일 수 있으니까요."

형웅의 고갯짓을 따라 움직이던 풍월의 눈빛이 살짝 차가워졌다.

"정의맹?"

"예, 그들만큼 형님의 실력을 제대로 본 사람들도 없으니까요. 게다가 뒤끝도 좋지 않았고."

"네 생각은 어때? 움직이리라 보냐?"

"글쎄요. 개천회 놈들이 필사적으로 수작을 부릴 거고, 패천마궁에 대한 끝없는 적개심을 가진 자들이 대부분입니다. 게다가 무림공적으로 지목당하신 형님의 존재라면 오 할 정도로 봅니다."

"오 할? 네가 거론한 대로라면 거의 십중팔구 아니야?"

풍월이 의외라는 얼굴로 되물었다.

"제갈세가가 있으니까요. 어쩌면 거의 유일하게 제대로 상황을 파악하고 있는 것 같습니다. 아니, 다들 상황은 파악하고 있을 겁니다. 지금 벌어지는 일에 개천회도 어느 정도 개입을 했다는 것도 눈치챘고요. 그럼에도 불구하고 이런 상황이 벌어진다는 것은 이제 개천회보다 형님을, 천마의 후예이자 천하제일인이 궁주가 된 패천마궁의 변화를 더 두려워하고 있는 겁니다. 형님이 변하지 않을 것임을 믿는 자들은 제갈세가를 비롯해서 얼마 되지 않는다고 봅니다. 어쨌든 제갈세가 때문에 그나마 오 할입니다. 그렇지 않았다면 십중팔구가 아니라 그냥 움직인다고 여겼을 겁니다."

"……"

풍월은 묵묵히 술잔을 들었다.

침묵은 꽤나 오래갔다.

"만약에 당가와 서북무림, 환사도문에 정의맹까지 우리를 적대시한다면 버텨낼 수 있을까?"

"형님의 각오가 어떠한지에 따라 다를 거라 봅니다."

잠시 망설인 형응이 다부진 얼굴로 물었다.

"서북무림의 제자들이 패천마궁을 공격하면 그들에게 검을 겨누실 수 있습니까? 아니, 그들의 숨통을 끊어버릴 자신이 있으십니까?"

"아마도."

"화산파의 제자는 어떻습니까?"

"……"

풍월이 침묵하자 형응이 다소 냉정하게 말했다.

"그들까지 단호히 벨 각오가 되셨다면 모를까, 아니라면 힘들다고 봅니다."

그것으로 대화는 끊겼다. 은혼은 숨도 제대로 쉬지 못했고 형응과 풍월은 그저 묵묵히 술잔만 부딪쳤다.

탁자에 놓인 술병이 거의 동이 났을 때 풍월이 한쪽 턱을 괴며 말했다.

"젠장, 이럴 줄 알았으면 황 아저씨나 유 매를 막부산에 떼놓고 오는 것이 아니었는데."

"따라오겠다는 것을 억지로 떼어놓은 분은 형님입니다."

"당연하잖아. 얼마 만에 되찾은 집인데. 그리고 우리도 배후에 녹림 같은 강한 세력이 떡하니 버티고 있으면 좋잖아."

"그렇긴 하죠. 이런 상황에서 별 도움 안 되는 개방보다는 훨씬 나을 겁니다."

"흐흐흐. 확실히 그래."

키득거리며 웃던 풍월이 손에 들린 술잔을 빙글빙글 돌리다가 지나가는 말투로 입을 열었다.

"아우야."

"예, 형님."

"베면 이길 수 있다는 거냐?"

흠칫한 형응이 힘차게 고개를 끄덕였다.

"물론입니다."

형응의 얼굴을 한참이나 직시하던 풍월이 씨익 웃으며 말했다.

"그럼 베어야지."

＊　　　＊　　　＊

"실패했다고?"

사마조가 눈꼬리를 치켜올리며 물었다.

"예, 실패한 정도가 아니라, 녹림이 통째로 넘어간 것 같습니다."

사마중이 침통한 표정으로 대답했다.

"노, 녹림이 통째로 넘어가다니? 녹림은 그저 놈들의 움직임을 지연하는 임무를 맡았을 뿐이다. 그곳에서 대체 무슨 일이 벌어진 것이냐?"

사마조가 기함하며 물었다.

"놈들이 움직이는 길목에 시간을 끌 병력을 배치하고, 역공을 대비하여 산채까지 아예 비운 것으로 압니다."

"그런데?"

"녹림의 의도를 눈치챈 패천마궁이 야음을 틈타 총단을 급습했답니다."

사마중의 말에 놀란 눈을 부릅뜬 사마조가 어이없다는 듯 물었다.

"총단을 급습해? 그게 말이 되나! 놈들의 움직임을 감시하기 위해 주변에 엄청난 인원을 깔아놓았을 텐데. 서, 설마 감시조차 하지 않았다는 거냐?"

"그건 아닌 것 같습니다. 상당한 인원을 배치한 것 같기는 한데 아마도 모조리 제거당한 모양입니다."

"한심한!"

화를 참지 못하고 탁자를 후려친 사마조가 초조한 기색을 감추지 못하며 물었다.

"그래서, 녹림이 완전히 넘어갔다? 총채주는 어찌 되었다더냐?"

"총채주를 비롯해 그를 추종하는 세력들은 모조리 숙청당한 것 같습니다. 그리고 그 자리를……"

"유연청이란 계집이 차지했겠지. 녹림대제의 손녀."

"그렇… 습니다."

"풍월이 패천마궁에 이어 녹림까지 얻었구나."

유연청이 녹림을 장악했다는 말에 사마조는 낭패감을 감추지 못했다.

"너무 걱정하지 마십시오. 패천마궁은 몰라도 녹림은 대세에 영향을 줄 정도는 아닙니다."

사마중의 말에 사마조는 단호히 고개를 저었다.

"녹림을 무시하지 마라. 머릿수만으로도 그 가치는 충분하다. 무엇보다 고립된 패천마궁에 힘이 될 수 있는 세력이 존재한다는 것 자체가 골치야."

"하면 다시 찾아오면 되지 않겠습니까? 녹림 정도야 은검단만 움직여도 쓸어버릴 수 있습니다."

사마조가 한숨을 내쉬며 재차 고개를 저었다.

"쓸데없는 짓이야. 우리에게 쏠린 이목을 이제 겨우 당가와 패천마궁으로 돌려놨다. 한데 여기서 다시 모습을 드러낼 수는 없지. 우리의 존재가 드러나는 것은 패천마궁을 완전히 끝장낸 후다. 그리고 내부에서 호응을 했던 과거와는 달리 그 많은 산적 놈들이 똘똘 뭉쳐서 덤빈다면 은검단의 힘으론 부족하다. 설사 이긴다고 해도 피해가 막심할 것이고."

"패천마궁의 힘이 될 가능성이 있다고 하셨습니다. 하면 미리 싹을 잘라야 하지 않겠습니까?"

사마증이 이해할 수 없다는 듯 물었다.

"맞다. 하지만 굳이 우리가 할 필요는 없지."

"예? 우리가 아니라면……."

"장강수로맹. 놈들을 이용해야겠다."

"아!"

사마증의 입에서 탄성이 터져 나왔다.

"장강수로맹에 당장 연락을 취하도록 해라. 그리고 당령 그 계집에게도 상황을 알려줘. 풍월이 예상보다 빨리 도착할 수 있을 것 같다고 말이다."

"알겠습니다."

총총걸음으로 물러나는 사마증. 패천마궁 공략의 첫 시작부터 계획이 어긋나서인지 혼자 남은 사마조의 표정은 어둡기만 했다.

*   *   *

"퇴각은 순조롭게 이뤄지고 있습니다. 굳이 말을 하지 않아도 다들 충분히 위협을 느끼고 있는 것 같습니다. 한데 수라검문은……."

사유가 말끝을 흐리자 보고서를 읽고 있던 순후가 시선을 고정시킨 채 물었다.

"왜? 적룡무가는 이번에도 거절을 했다는 말이냐?"

"예, 최대한 인원을 지원은 하겠지만 세가 전체가 이곳으로 이동하는 것은 거절을 했습니다."

"이유는?"

"딱히 밝히지는 않았습니다만, 아무래도 자존심 때문인 것 같습니다."

순후가 잔뜩 노한 얼굴로 고개를 돌렸다.

"자존심은 얼어 죽을! 자존심이 있었다면 궁주님을 배신하고 마련 따위를 만드는 데 일조하진 않았겠지. 아마 다른 꿍꿍이가 있을 거다."

"다른 꿍꿍이라고 하시면……."

순후는 대답 대신 벽에 걸린 지도에 시선을 주었다.

"현재 당가의 위치는 이곳으로 추정되고, 남하하는 서북무림의 위치는 이곳."

순후가 지도에서 적들의 위치를 짚어가며 말을 했다.

"적룡무가는 이곳에 위치해 있고, 마지막으로 막부산을 출발하신 궁주님은 아마도 이쪽 경로로 이동을 하실 것이다. 최단 거리니까."

사유는 막부산에서 출발한 풍월의 이동 경로에 적룡무가가 위치해 있는 것을 보고 한숨을 내쉬었다.

"궁주님이시군요."

"그래, 그자들은 궁주님을 기다리고 있다. 궁주님의 권유에 어쩔 수 없이 움직인다는 모양새를 취하고 싶은 거다. 거지 같은 놈들. 제 놈들의 위치도 모르고."

순후는 풍월을 이용해 체면을 차리고자 하는 적룡무가의 행태에 분노를 금치 못했다.

"하지만 서북무림도 상당히 가까이에 위치해 있습니다. 과거라면 모를까, 궁주님께 박살이 난 적룡무가의 전력으론 절대 감당하지 못합니다."

"그러니까 더 얄미운 것이다. 적룡무가 놈들은 나나 궁주께서 자신들을 위기에 빠지게 놔두지 않을 것임을 알고 있는 거다. 유감스럽지만 그게 사실이기도 하고."

"하면 어찌해야 하는 겁니까?"

사유가 순후의 눈치를 보며 물었다.

"어쩌긴, 놈들이 원하는 대로 해줘야지. 궁주님의 아량으로 목숨을 건진 주제에 알량한 자존심 따위를 챙기려는 꼴이 가소롭지도 않다. 하지만 자칫 마련을 이끌었다는 이유로 냉대하는 것처럼 보여선 좋을 게 없으니까. 아무튼 적룡무가는 일단 제쳐두고 다른 이들이나 챙겨. 궁주님이 도착하실 때까지 최대한 전력을 보전해야 한다."

"명심하겠습니다."

"아참, 당가 쪽에서 이상한 소문이 돌고 있다고 하던데 확인은 했나?"

"당가타가 초토화되었다는 소문 말인가요?"

"그래."

"예, 확인했습니다. 그렇잖아도 보고를 올리려 했습니다."

"어떻게 생각해?"

"누가 당가타를 공격했느냐는 의문이 남지만 공격을 당한 것은 틀림없습니다. 놀라운 것은 그 과정에서 환희살이 사용된 흔적이 보였다는 겁니다."

"환희… 살?"

사마조의 눈빛이 거세게 흔들렸다.

"확실한 거냐?"

목소리에서 잔떨림이 일었다.

"확인 중입니다만, 아마도 확실할 것 같습니다."

"대체 누가 그런 미친 짓을……."

당가타가 공격을 받건 말건 그건 상관이 없었다. 오히려 현 상황에서 반길 만한 일이었다. 문제는 환희살이 무림의 삼대 금용암기라는 것이었다. 그 위력이 워낙 끔찍해 제일차 정마 대전에서부터 암묵적으로 금지한 무기.

당가타가 환희살에 공격을 받았다면, 당가타 구성원들을 가족으로 여기고 있는 당가 역시 삼대금용암기를 꺼낼 명분 을 얻게 된다. 더구나 당가는 세 개 중 두 개를 보유 중인 곳 이다.

"가장 가능성이 큰 것은 만독방의 잔당들이 복수를 하는 것입니다."

"만독방?"

"예, 실종되었던 만독방의 무인들이 독인이 되어 나타났습 니다. 어떤 일이 벌어졌을지 뻔하지요. 하지만 모조리 당하지 는 않았을 것이고, 일부는 분명히 탈출에 성공했다고 봅니다."

"그때 탈출한 자들이 복수를 하기 위해 당가타를 쳤다는 거냐?"

"예, 전력의 열세를 만회하기 위해서 꺼내든 무기가 환희살 이고요."

"그럴 듯하기는 한데."

순후가 떨떠름한 얼굴로 고개를 끄덕였다.

사유의 설명에는 설득력이 있었다. 애당초 환희살이란 무기를 소유하고 있는 곳은 만독방뿐이었다.

설사 다른 곳에서 보유하고 있다고 해도 극히 일부에 불과할 뿐이고, 무엇보다 지금 상황에서 당가타를 공격한다는 것은 말이 되지 않았다. 그런데 이상하게 불안했다.

"짚이는 것이라도 있으십니까?"

순후의 어둔 표정을 보며 사유가 조심스레 물었다.

"짚인다기보다는……."

애당초 말도 안 되는 가정이기에 순후는 쉽게 말을 하지 못했다.

한참을 망설인 순후가 착 가라앉은 음성으로 말했다.

"혹 당가에서 꾸민 자작극일 가능성은 없을까?"

"예?"

"당가타가 환희살에 당했다면 당가 역시 염왕사나 혈루비를 사용할 수 있는 명분은 얻을 수 있잖아."

"보고에 따르면 이번 공격으로 당가타에서 목숨을 잃은 인원이 최소한 육칠십에 이른다고 합니다. 아무리 명분을 얻고자 함이라 해도 그건 아닌 것 같습니다."

"그래, 미치지 않고서야 그런 짓을 벌일 수는 없겠지."

순후가 민망한 표정으로 고개를 흔들었다.

"그래도 문제는 심각하군. 당가타가 환희살에 당한 것이 확실한 이상, 당가도 염왕사와 혈루비를 사용하기 시작하겠지. 상대는 당연히 우리가 되겠고. 만독방이 무너졌다는 것이 이럴 땐 참으로 뼈아프군."

독은 독으로써 제어할 수 있는 것. 만독방이 건재했다면 당가는 염왕사와 혈루비를 함부로 꺼낼 수 없을 터였다.

만독방이 몰락한 지금, 이제는 그들이 삼대금용암기를 사용한다면 반격을 할 방법이 없었다.

"일단 모두에게 알려. 당가를 상대할 때 염왕사와 혈루비의 공격을 염두해 두라고. 염두한다고 막을 수 있는 것들이 아니라는 것이 문제지만, 어쨌든 조금이라도 피해를 줄일 수는 있겠지."

사유에게 명을 내리는 순후의 음성은 전에 없이 무기력했다.

*   *   *

"궁주님!"

다급히 달려오는 은혼의 모습을 보며 이제 막 멧돼지의 살을 찢어 입에 넣던 풍월이 한숨을 내쉬었다.

은혼의 표정에서 편안히 식사를 할 가능성이 사라졌다는 것을 느낀 것이다.

"무슨 일입니까?"

풍월이 손에 묻은 기름기를 대충 닦으며 물었다.

"적룡무가가 공격을 받고 있다고 합니다. 아니, 정확히는 받을 것이라 합니다."

풍월의 눈빛이 변했다.

"적룡무가가요? 누구한테요? 당가는 비교적 거리가 있다고 했잖아요."

"서북무림의 일부 병력이 움직인 것 같습니다. 본진에서 따로 떨어져 나온 자들이 적룡무가를 향해 움직이는 것이 확인되었습니다."

서북무림이라는 말에 풍월이 인상을 찌푸렸다.

당가를 돕기 위해 움직이기는 했지만 비교적 소극적이었던 서북무림이 지금까지와는 달리 갑자기 선공을 해오는 것이 마음에 걸렸다.

"규모는요?"

"대략 백오십 남짓 됩니다."

"막을 가능성은 없겠지요?"

"없습니다."

단호히 고개를 저은 은혼이 말을 이었다.

"일전에 궁주님과의 충돌로 인해 대부분의 수뇌들이 목숨을 잃었습니다. 제대로 싸울 수 있는 사람도 거의 남지 않았고요."

"쯧쯧, 그렇게 처음부터 군사의 말을 들었으면 얼마나 좋아. 쓸데없는 자존심 싸움을 하다가 결국 이런 꼴을 당하는군."

혀를 차는 풍월의 모습에 은혼이 초조하게 물었다.

"도와야 하지 않겠습니까?"

"그래야겠지요. 과거야 어찌 되었건 간에 지금은 내 품에 들어온 자들이니까요. 군사님의 당부도 있었고."

멧돼지의 다리 살을 신경질적으로 뜯어낸 풍월이 주변을 살폈다. 곳곳에서 불을 피우고 식사를 하고 있던 천마대는 이미 출발 준비를 하고 있었다.

"적룡무가까지의 거리가 얼마나 된다고 했죠?"

"서두른다면 한 시진 이내에 도착할 수 있습니다."

"그럼 서둘러야죠. 적들의 공격이 끝난 다음에 도착하면 아무런 의미도 없으니까."

풍월이 멧돼지 고기를 질겅질겅 씹으며 몸을 일으켰다. 그와 동시에 천마대주 물선이 곁으로 다가왔다.

"적룡무가로."

"존명!"

물선이 허리를 꺾으며 명을 받는 순간, 천마대는 이미 출발 준비를 끝냈다.

         *   *   *

풍천뇌가, 수라검문과 더불어 마련의 삼태상 자리를 차지했던 적룡무가는 풍월의 공격에 의해 잿더미로 변해 버렸다.

그 후, 풍월과 천마대의 공격에서 간신히 목숨을 건진 이들과 흩어져 있던 식솔들이 한데 모여 적룡무가를 재건하기 시작했다. 한데 그런 적룡무가가 또다시 불타고 있었다.

불길 사이로 처절한 비명이 들려오고 병장기 부딪치는 소리와 더불어 온갖 욕설과 함성이 터져 나왔다.

"하아!"

불타오르는 적룡무가의 정문, 무당파의 진광이 땅이 꺼져라 한숨을 내쉬었다.

"이미 끝난 싸움입니다. 어찌 그리 한숨을 쉬시는 겁니까?"

종남파의 대장로 하후쟁이 이상한 듯 물었다.

"이건 싸움이 아닙니다. 일방적인 학살이지요."

"음."

학살이란 말에 하후쟁의 표정도 살짝 굳어졌다.

"당가의 의도를 모르겠습니다."

흠칫 놀란 하후쟁이 조심스레 되물었다.

"무슨 뜻인지요?"

"적룡무가는 일전에 풍 궁주와의 싸움에서 사실상 끝이 났습니다. 물론 아직도 뛰어난 실력을 지닌 자들이 몇몇 존재하기는 하나 이렇게 몰려올 필요는 없었습니다."

"솔직히 지나친 감이 있는 것은 사실입니다."

"지나쳐도 보통 지나친 것이 아닙니다. 그리고 아까 그자들 보셨습니까?"

진광의 물음에 하후쟁이 굳은 표정으로 고개를 끄덕였다.

"보았습니다. 참으로 괴이한 자들이었습니다."

"괴이한 정도가 아니었지요. 내 평생 두 팔을 잃고도 적을 향해 그렇게 무작정 달려드는 광경은 처음 보았습니다."

진광이 진저리를 치며 고개를 저었다.

"혹 소문으로만 들리던 독인이 아닐까요?"

"독인은 아닐 겁니다. 지독히 호전적이긴 해도 독인치고는 너무 약합니다. 아마도 어떤 약물이나 독에 중독된 것 같은데, 대체 어쩌자고 그런 짓을……."

진광은 당가가 사마외도들이나 할 법한 짓을 태연히 저지르는 것에 두려움을 느꼈다.

"전 당가의 입장이 조금은 이해가 갑니다. 혹, 당가타가 패천마궁의 공격으로 초토화되었다는 소문을 들으셨습니까?"

"들었습니다."

"단순히 소문이 아니라 사실인 것 같습니다. 당가가 저리

홍분해 날뛰는 것도 그런 이유 때문이라고 하더군요. 수십 명이 넘는 주민들이 처참하게 목숨을 잃었다고 합니다."

"무량수불!"

안타까운 표정으로 도호를 되뇌던 진광이 때마침 들려온 괴성과 처절한 비명에 인상을 찌푸렸다.

"설사 그렇다고 해도 이건 아닙니다. 어찌 무공도 모르는 아녀자들까지 학살을……."

"안타깝지만 그건 어쩔 수 없는 일입니다. 우환을 남겨둘 수는 없지요. 하지 않았다면 모를까, 시작한 이상 뿌리를 뽑는 것은 기본입니다."

냉정하기 짝이 없는 하후쟁의 말에 진광이 허탈한 얼굴로 물었다.

"정녕 그리 생각하십니까?"

"그렇습니다. 값싼 동정이 결국은 우리 제자들의 피가 되어 돌아올 수도 있는 것이니까요."

하후쟁은 극도로 실망하는 진광의 표정을 보며 더 이상의 대화는 무의미하다 여기곤 입을 다물었다. 그리고 활활 타오르는 적룡무가를 응시하며 불편한 시간이 빨리 지나가기를 바랐다.

"호오! 효과가 정말 생각 이상으로 뛰어나군."

독비단 일조장 당검은 불길에도 아랑곳없이 미쳐 날뛰는 자들을 보며 연신 탄성을 터뜨렸다.

"아무리 고통을 모른다지만 제 몸이 불에 타고 있는데도 어찌 저리 아무렇지도 않게 움직이는지 모르겠습니다, 조장."

당검을 도와 절심단을 복용한 소위 '귀면(鬼面)'이라 칭해지는 자들을 데리고 온 당삼초는 입을 다물지 못했다.

"위력이 대단한 만큼 치명적인 약점이 있잖아."

"하지만 별 상관은 없잖아요."

"그렇지. 우리야 잘 써먹고 버리면 되는 것이니까."

서로 마주 보며 웃은 당검과 당삼초는 서북무림 무인들 사이에서 발군의 활약을 보여주는 귀면들을 바라보며 괴소를 터뜨렸다.

그들이 데리고 온 귀면의 수는 정확히 열다섯.

싸움이 이어지는 동안 다섯을 잃었지만 그 위력은 엄청났다. 선봉에서 적들의 기세를 꺾는 것은 물론이고 도주하는 적룡무가의 식솔들을 주살하는 데 다소 머뭇거림이 있는 서북무림의 무인들을 대신해 마음껏 살수를 휘두르고 있었다.

그들의 살수는 남녀노소를 가리지 않았다. 적룡무가의 식솔들 대부분이 귀면에 의해 목숨을 잃었다고 해도 과언은 아니었다.

"그나저나 이제 끝날 때가 되지 않았습니까?"

당삼초의 말에 당검이 턱짓으로 아직 화마가 닿지 않은 북쪽을 가리키며 말했다.

"최후의 발악을 하잖아. 그것도 이제는 정리가 되겠지만."

북쪽으로 달려가는 귀면들을 보는 당검의 입가에 잔인한 미소가 지어졌다.

"크악!"

"으아악!"

"사, 살려… 컥!"

마지막 방어선이 무너지고 처참한 살육이 이어졌다.

이번에도 상당한 활약을 한 귀면들은 저항도 하지 못하는 적룡무가의 식솔들을 무자비하게 도륙했다. 함께 공격을 했던 서북무림의 무인들이 차마 보지 못하고 고개를 돌려 버릴 정도로 끔찍한 광경이었다.

그렇다고 해서 말릴 생각도 없었다. 악귀처럼 괴성을 질러대며 살수를 뿌리는 귀면들이 자신들의 말을 전혀 듣지 않는다는 것을 이미 알고 있었기 때문이다.

비명의 빈도수가 급격히 줄어들었다. 살아남은 식솔들이 그만큼 줄었다는 얘기다.

절망의 구렁텅이에서도 희망을 버리지 않고 마지막까지 저항을 하던 어른들이 모두 쓰러졌을 때, 남은 것은 그 어른들이 보호하려던 아이들과 여인들뿐이었다. 그나마도 상당수가 목숨을 잃어 이제는 열댓 명도 채 되지 않았다.

여인들이 아이들을 부둥켜안고 눈물을 흘렸다. 대다수의 여인들이 삶을 포기했지만 일부의 여인들은 어떻게든 아이들만이라도 살려보고자 발버둥 쳤다. 그러나 그녀들에게 돌아온 것은 무자비한 폭력뿐. 절심단을 복용하고 이지를 잃은 귀면들은 그저 당가의 손짓에 움직이는 꼭두각시에 불과했다.

귀면들이 마지막 살육을 위해 괴성과 함께 달려들었다.

서북무림의 무인들마저 고개를 돌려 버린 절체절명의 순간, 한 자루의 검이 귀면이 첫 번째 목표가 된 여인의 머리카락을 스치며 날아왔다.

퍽!

둔탁한 충돌음과 함께 여인을 공격하려던 귀면이 삼 장여를 날아가 처박혔다.

비명은 없다. 절심단을 복용한 순간부터 고통이란 존재하지 않는다. 그렇다고 검에 담긴 힘을 감당할 수 있는 능력까지 주는 것은 아니었다.

땅에 처박힌 귀면이 꿈틀대며 일어났다.

검이 관통한 아랫배에서 피가 흘러나왔으나 그는 아랑곳하지 않았다. 하지만 재차 날아든 칼이 심장을 관통하자 더 이상 버티지 못하고 힘없이 무너져 내렸다.

귀면을 비롯하여 전장에 있던 모두의 시선이 칼이 날아든 방향으로 고개를 돌렸다.

귀면의 아랫배를 관통한 검과 심장을 꿰뚫어 숨통을 끊어 버린 칼을 회수하며 다가오는 사람은 다름 아닌 풍월이었다.

"너무 늦은 건가."

주변을 둘러보는 풍월의 입에서 한숨이 흘러나왔다.

적룡무가가 공격을 받고 있다는 말에 최선을 다해 달려왔으나 결국 늦고 말았다.

건물은 화마에 휩싸였고, 병장기 부딪치는 소리는 어디에서도 들려오지 않았다. 싸움이 이미 끝났다는 의미일 터. 주변에 널브러진 시신들을 보는 풍월의 안색은 과히 좋지 않았다.

적룡무가에 딱히 애정이 있는 것은 아니고 한때는 격렬하게 충돌까지 한 상대였으나, 어쨌거나 지금은 패천마궁에 속한 곳이었다. 더구나 처참하게 목숨을 잃은 시신들 중 상당수가 힘없는 아이들과 여인들이라는 것도 마음에 걸렸다.

"당령, 그 미친년이 가주로 있는 당가야 그렇다 쳐도 명색이 명문정파라 자처하는 사람들의 손속이 너무 잔인하지 않소? 이토록 어린아이들이 무슨 죄가 있다고 목숨을 빼앗으려는 것이오?"

풍월이 서북무림, 특히 청색 도복을 입고 있는 무당파의 제자들을 똑바로 응시하며 물었다.

무심한 눈빛이며 싸늘한 음성은 보는 이로 하여금 절로 두려움을 품게 만들었다.

"빈도 무당의 현암입니다, 궁주. 일전에 한 번 뵌 적이 있……."

현암의 말은 이어지지 못했다.

귀면이 곧바로 풍월을 향해 덤벼들었기 때문이다.

"그래, 지금 상황에서 대화 따위는 필요 없는 것이겠지."

차갑게 웃은 풍월이 왼손에 들려 있던 묵운을 휘둘렀다. 아무렇게나 휘두른 것 같았지만 검의 주인이 풍월이라면 그 의미가 달랐다.

풍월을 향해 달려들던 여덟 명의 귀면 중 다섯이 그 자리에서 무너져 내렸다.

'보, 보이지 않았다.'

현암의 얼굴이 경악으로 물들었다.

코앞에서 지켜봤음에도 풍월의 검이 어찌 움직였는지 전혀 알 수가 없었다.

끔찍할 정도로 빠르고 치명적인 위력에 현암은 물론이고 주변을 에워싸고 있던 모든 이들이 두려움에 몸을 떨었다.

그사이 나머지 세 명의 귀면도 풍월의 이어지는 공격을 감당하지 못하고 모조리 숨통이 끊겼다.

풍월은 그들이 흘린 피에서 풍겨오는 악취에 눈살을 찌푸렸다.

"독이네요."

어느새 곁으로 다가온 형응이 코를 막으며 말했다.

"피가 독이란 말이야? 하면 독인?"

"독인치고는 너무 약해 보입니다."

"그럼 뭐지? 어지간한 부상엔 별다른 타격도 받지 않는 것 같던데."

풍월은 조금 전, 단전을 관통 당했으면서도 아무렇지 않게 달려들던 귀면을 떠올리며 물었다.

"눈빛을 보면 제정신이 아니었습니다. 아마도 정신을 제압 당한 것 같네요. 뭔가에 중독이 된 것 같기도 하고요."

형응의 말에 풍월이 고개를 끄덕였다.

"확실히 그런 것 같다. 아편에 중독된 놈들의 눈빛하고 비슷해."

풍월이 조소를 지으며 현암을 바라보았다.

"재밌네. 명문정파에서 이런 방법까지 동원하는 것을 보면 말이야."

"오해하지 마시오. 그건 당가가……."

현암의 말은 이번에도 끊기고 말았다.

풍월과 형응에게 뒤처졌던 밀은단과 천마대가 비로소 도착한 것이다.

천마대의 출현에 양측의 긴장감이 급격히 고조되었다.

"명을 내려주십시오."

물선이 한쪽 무릎을 꿇고 명을 기다렸다. 그와 천마대가 뿜어내는 살기가 전장을 휘감았다.

얼마 전까지만 해도 서로 죽이지 못해 안달하던 사이였다. 하나 크게 보면 그건 내분으로 인해 벌어진 일이다. 더구나 지금의 적룡무가는 다시금 패천마궁의 울타리 안쪽으로 들어왔다. 그런 적룡무가가 외부의 세력에 초토화가 되었다는 것에 천마대는 분노하고 있었다.

"공격을, 복수를 허락해 주십시오."

물선이 다시금 청했다.

"허한다."

풍월의 입에서 허락이 떨어지자 고개를 숙여 예를 표한 물선이 꿇었던 무릎을 펴고 일어나며 외쳤다.

"천마대!"

천마대는 천지가 떠나갈 듯한 함성으로 물선의 외침에 호응했다.

"모조리 죽여라."

공격 명령이 떨어지자 그렇잖아도 질식할 것 같은 살기를 뿌려대던 천마대의 살기가 하늘까지 치솟았다.

노도처럼 밀려드는 천마대를 보며 현암은 암담함을 느꼈다.

언뜻 봐도 개개인의 기세가 보통이 아니었다. 천마대의 전신이라 할 수 있는 사귀대는 전 무림에 악명이 자자했다.

직접 경험해 보지는 않았으나 이미 명성만으로도 주눅이 들었다. 게다가 손쉬운 싸움으로 인해 대다수의 병력이 정문 쪽으로 빠진 상태라 천마대에 비해 인원도 부족했다.

"조금만 버텨라! 곧 지원군이 도착할 것이다!"

현암이 검을 휘두르며 목청을 높였다. 그는 정문 쪽에 빠져 있던 병력이 지금쯤이면 천마대의 출현을 눈치채고 달려올 것이라 확신했다.

현암의 예상은 정확했다. 천마대의 공격이 시작되는 것과 거의 동시에 커다란 함성과 함께 지원군이 달려온 것이다. 양쪽 병력을 합치면 천마대의 두 배를 훌쩍 넘는다. 어지간하면 질 수 없는 싸움이다. 하지만 현암은 불안했다.

'이길 수 있을까?'

섬뜩한 느낌이 머리를 관통하여 전신을 휘감을 때, 묵뢰를 어깨에 걸친 풍월이 지원군을 향해 걸음을 옮기며 불길한 예감은 현실이 되었다.

* * *

"절심단의 효과가 대단하오, 가주."

당중이 환히 웃으며 놀라움을 감추지 못했다.

패천마궁에 속한 여러 세력 중 혈산파(血山派)의 규모는 작은 축에 속한다. 딱히 명성 높은 고수도 없고 위협이 될 만한 전력도 없다. 그럼에도 당중은 걱정을 할 수밖에 없었다. 가주의 명으로 혈산파를 공격한 인원이 너무 소수였기 때문이다.

우려를 비웃기라도 하듯 혈산파는 이각도 안 되어 초토화가 되었다.

그 선봉에 귀면이 있었다.

죽음도 불사하며 악귀처럼 달려드는 그들의 기세에 혈산파의 무인들은 제대로 대항도 해보지 못하고 순식간에 무너졌다. 물론 본격적인 싸움이 시작되기도 전에 혈산파 무인들 절반을 죽음에 이르게 한 염왕사가 진정한 승리의 주역이기는 했지만, 그렇다고 귀면들의 활약을 폄하할 수는 없었다.

"모조리 죽이면 안 됩니다, 가주. 포로를 잡아야 귀면을 더 만들 수 있습니다."

절심단을 조제하고 그것으로 귀면을 만들어낸 당독이 자신의 성과를 기쁘게 감상하며 말했다.

"저것들은 포로의 가치도 없어요. 절심단을 만드는 데 들어가는 재료가 얼마인데. 저따위 수준 낮은 자들에게 절심단을 복용시켜 봤자 아깝기만 하지."

당령의 차가운 반응에 당독은 오히려 미소를 지었다. 독하긴 해도 나름 인간적인 면모를 지녔던 역대 가주들과는 달리 당령은 비정함까지 지녔다. 자신의 입장에선 이 이상의 가주가 없었다.

"한데 괜찮을지 모르겠소, 가주."

귀면들의 활약에 고무되었던 당중의 표정이 어느새 걱정으로 가득했다.

"뭐가 말인가요?"

"염왕사는 삼대금용암기로, 함부로 사용할 수 없는 물건. 이 사실을 다른 이들이 안다면 해명을 요구할 것이오. 당장 무당파만 하더라도……."

당령이 손을 들어 당중의 말을 잘랐다.

"삼대금용암기를 먼저 사용한 것은 저놈들이지요. 장로께선 환희살에 목숨을 잃은 당가타 주민들을 잊은 모양이네요. 며칠 되지도 않았는데."

날카로운 추궁에 당중의 이마에서 식은땀이 흘러내렸다.

"그, 그것이 아니라 당가타의 일은 확실한 증거가 없는 상황인지라."

"환희살이 사용되었다고요. 그 이상 확실한 증거가 또 있을까요?"

"음."

하고 싶은 말이 목구멍까지 치솟았지만 당중은 애써 입을 다물었다.

"염왕사는 앞으로의 싸움에서도 계속 주역이 될 거예요. 삼대금용암기는 놈들이 먼저 사용했으니 명분에서도 꿀릴 것도 없어요. 무당? 흥! 따질 테면 따지라지요. 본 가의 도움이 없었으면 환사도문에 쓸려 버렸을 위인들이 어디서 감히!"

당령이 분노하자 그녀의 전신에서 은은한 녹광이 피어올랐다. 이를 확인한 당독과 당중이 황급히 물러섰다. 그 기운에는 극독이 함유되어 있어 자칫하면 중독될 수 있기 때문이었다.

"그렇다고 너무 걱정은 하지 말아요. 대놓고 척을 질 생각은 없으니까. 누가 뭐래도 당가를 위해 패천마궁 놈들과 충실히 싸워줄 자들이니까."

언제 화를 냈느냐는 듯 배시시 웃는 당령의 얼굴에 당중은 자신도 모르게 묘한 불안감에 사로잡혔다. 어쩌면 당령으로 인해 당가의 미래가 더없이 암울할 수도 있다는 불안감.

문제는 이미 기호지세(騎虎之勢)인지라 멈출 수가 없다는 것이었다.

*　　　　*　　　　*

쿠웅!

거대한 진동과 함께 지축이 흔들렸다.

풍월의 전신에서 뿜어져 나간 기운이 전장을 휘감았다.

압도적인 기운에 숨이 턱턱 막혔다.

단 한 걸음에 불과했지만 천마군림보의 힘은 가공했다.

가장 앞서 달려오던 종남파의 무인들 다섯이 그대로 피를 토하며 쓰러졌다. 뒤를 따르던 자들 역시 가슴을 부여잡고 휘청거렸다.

풍월이 묵뢰를 움직였다.

단전을, 전신세맥을 휘돌던 천마대공의 막강한 기운이 묵뢰를 통해 쏟아지고, 이 장 가까이 치솟은 도강이 주춤하는 서북무림 무인들을 향했다.

"위, 위험하다!"

"피, 피해랏!"

제자들의 위험을 본 진광과 하후쟁이 동시에 앞으로 뛰쳐나왔다. 그러고는 풍월의 공격에 정면으로 맞섰다.

꽈꽈꽝!

강력한 충돌음과 이어지는 비명.

주변을 휩쓴 파장에 비하면 싸움의 결과는 너무도 간단하게 드러났다.

진광과 하후쟁은 제자들을 지켜냈다. 하지만 두 사람은 멀쩡하지 못했다. 오 장이나 튕겨 나가 하후쟁은 절명한 상태였고, 부러진 검을 간신히 부여잡고 버텨내고 있는 진광 역시 치명상을 당한 상태였다.

"막아랏!"

"장로님을 구해라!"

기겁한 무당파의 제자들이 풍월을 에워쌌다.

하후쟁을 잃은 종남파의 제자들이 분노하여 달려들었다.

풍월은 무심한 표정으로 묵뢰를 움직였다.

풍월에게 달려들던 자들은 묵빛 강기가 온 세상을 뒤덮는 광경을 목도했다.

풍월을 향했던 모든 공격이 일시에 멈췄다.

오로지 풍월이 발출한 묵빛 강기만이 주변을 휩쓸고 있을 뿐이었다.

사지 육신이 폭죽 터지듯 터져 나갔다.

사방으로 흩어진 피가 혈우가 되어 쏟아져 내렸다.

피가 분수처럼 위로 터졌다.

"괴, 괴물 같으니!"

풍월을 바라보는 무당파 현정의 전신이 사시나무 떨 듯 떨렸다. 그만이 아니다. 무리의 수장이라 할 수 있는 진광과 하후쟁이 눈 깜짝할 사이에 쓰러지고, 단 일격에 스무 명이 넘는 인원이 목숨을 잃자 적룡무가를 공격하기 위해 움직였던 서북무림 무인들 모두가 두려움에 몸을 떨었다.

"풍 궁주, 어찌 이리 잔인하게 손을 쓴단 말이오!"

화산파가 위기에 빠졌을 때 무당과 함께 화산파를 돕다가 풍월을 만난 적이 있는 청성파의 백운이 갈가리 찢겨져 나간 시신들을 보며 부르짖었다.

"잔인? 무공도 모르는 아이들과 여인들을 주살한 당신들이 할 말은 아닌 것 같소만."

"그, 그건……."

"살아남은 인원은 고작해야 열댓 명. 적룡무가엔 이보다 훨씬 많은 식솔들이 있었소. 그들은 어찌 되었소?"

백운은 뭐라 대꾸를 하지 못했다.

"무당파가, 종남이, 청성파가 대체 언제부터 이런 어린아이들의 목숨까지 노렸단 말이오? 내가 할아버님께 듣고 배운 명문 정파는 이렇지 않았소."

풍월의 매서운 눈이 한쪽 구석에서 어정쩡한 자세로 서 있는 당가의 무인들에게 향했다.

"당가에서 재미있는 물건을 만들어 냈더군."

풍월과 시선을 마주친 당검의 낯빛이 하얗게 변했다.

풍월이 당검을 향해 몸을 날렸다.

당검이 풍월의 움직임을 인지했을 때 그의 목은 이미 풍월의 손아귀에 잡혀 있었다.

"컥!"

당검이 외마디 비명을 내지르며 벗어나려 했지만 부질없는 반항일 뿐이었다.

풍월이 당검을 구하기 위해 달려드는 당가의 식솔들을 향해 손을 뻗었다.

당삼초를 비롯해 일곱 명의 독비대 대원들이 약속이라도 한 듯 동시에 나가떨어졌다. 쓰러진 이들은 잠시 꿈틀대다 이내 잠잠해졌다. 극성에 이른 산화무영수가 그들의 심장을 뭉개 버린 것이다.

"당령, 그 계집이 만들어낸 것이냐?"

풍월이 당검에게 물었다.

"모, 모른다."

풍월은 두 번 묻지 않았다. 곧바로 분골착근을 펼쳤다.

"끄아아아아!"

당검의 입에서 처절한 비명이 터져 나왔다.

풍월이 목을 놓아주자 당검은 죽음보다 더한 고통에 눈을 까뒤집고 바닥을 굴렀다. 부릅뜬 눈에선 핏줄이 터져 핏물이 흐르고 뼈마디가 갈리는 소리와 함께 팔다리가 기괴하게 꺾였다.

"그, 그만하시오! 이게 무슨 짓… 큭!"

풍월을 말리려던 백운의 입에서 짧은 신음이 흘러나왔다.

천천히 손을 들어 목을 만지는 백운. 손가락에 피가 묻어나는 것을 보며 도저히 믿기지 않는다는 얼굴로 눈앞의 상대를 바라보았다. 하지만 그의 목을 베어버린 형웅은 이미 등을 돌린 채 다른 목표를 향해 검을 휘두르고 있었다.

백운의 숨통을 끊는 것을 시작으로 형웅이 적진 한가운데로 뛰어들었다. 때를 같이하여 밀은단이 일제히 공격을 시작했다.

주변의 상황과는 상관없이 풍월은 당검을 재차 심문하기 시작했다.

"당령, 그 계집이 만들어낸 것이냐?"

"모, 모른… 자, 잠깐만……."

또다시 고개를 저으려던 당검은 풍월이 곧바로 손을 뻗자 기겁하여 소리쳤다.

손을 멈춘 풍월이 차갑게 말했다.

"마지막 기회다. 이번에도 침묵하면 더 이상의 질문은 없다. 대신 아까의 고통 속에서 죽게 되겠지."

죽음보다 끔찍한 고통을 떠올린 당검이 전신을 부들부들 떨었다.

"당령, 그 계집이 만들어낸 것이냐?"

거칠게 흔들리는 당검의 눈동자, 갈등은 길지 않았다.

"그, 그렇습니다."

"독인이냐?"

"아닙니다."

"그럼 뭐냐?"

"저희들은 그걸 귀면이라 부릅니다."

"귀면?"

"예. 싸울 때면 귀신 형상을 한다고 하여 그리 이름 붙였습니다."

"귀면은 어찌 만든 것이냐?"

"당독 호법께서 만드신 절심단이라는 것을 복용하면 그리 변하는 것으로 압니다."

한번 불기 시작한 당검은 풍월이 질문을 던질 때마다 최선을 다해 대답을 했다. 목숨을 구걸하기 위함은 아니다. 이미 목숨을 부지하기 힘들다는 것은 그도 알고 있었다. 그저 고통 속에서 죽고 싶지 않은 마음에 필사적으로 대답을 하는 것이었다.

당검의 친절한 설명으로 귀면의 장단점에 대해 파악을 마친 풍월은 한 가지 의문에 사로잡혔다.

고통을 느끼지 못하게 하고 약간이나마 내력의 증진까지 이뤄내는 절심단의 효과는 대단한 것이었다. 특히나 지금처럼 치열한 싸움이 벌어질 경우 절심단을 복용하고 그렇지 않고는 천지 차이다.

다만 부작용이 워낙 치명적이었다. 짧으면 반 시진, 길게는 한 시진이면 폐인이 된다. 아무리 효과가 좋기로서니 그런 부작용을 알면서도 절심단을 복용하는 자들이 있다는 것이 영 마음에 걸렸다.

"하면 당가의 식솔들은 그런 부작용을 알면서도 절심단이라는 걸 복용한단 말이냐?"

"그, 그건……."

방금 전까지만 해도 봇물 터지듯 했던 당검의 말문이 다시금 막혔다.

뭔가 이상함을 느낀 풍월이 다시금 물으려 할 때 뒤에서 분노에 찬 음성이 들려왔다.

"당가의 식솔이 아닙니다."

풍월이 목소리의 주인을 향해 고개를 돌렸다. 은혼이 붉게 충혈된 눈으로 당검을 노려보고 있었다.

"궁주님께서 쓰러뜨린 귀면 중에 제가 아는 얼굴이 있었습니다."

"은 형이요?"

풍월이 놀라 물었다.

"예, 제 기억이 틀림없다면 그는 천도림의 제자였습니다."

"천도림이라면……."

"얼마 전에 멸문을 당했지요. 바로 저자들에 의해."

은혼이 당검을 가리키며 이를 부득 갈았다.

"결국 절심단을 복용한 자들이 당가의 식솔이 아니라 놈들이 포로로 잡은 본 궁의 사람들이란 말이군요."

"그렇습니다."

풍월의 입에서 탄식이 터져 나왔다. 비로소 의문이 풀렸다.

사로잡은 포로를 이용해 적을 치는 것이니, 어쩌면 최고의 방법이라 할 수 있었다. 하지만 당하는 입장에서 보면 그것만큼 최악은 없었다.

"다른 이들도 이 사실을 아나?"

풍월이 당검을 향해 물었다. 이미 죽음에 초탈한 당검은 별로 힘들이지 않고 대꾸했다.

"대충 짐작은 하겠지요. 하지만 크게 문제 삼지는 않았습니다. 어차피 우리와는 다른 마도 놈들이니까."

"그래, 그렇겠지."

차갑게 웃은 풍월이 당검의 머리에 손을 올렸다. 죽음을 직감한 당검이 눈을 감는 것과 동시에 그의 머리가 터져 나갔다.

당검을 고통 없이 보내준 풍월이 전장으로 시선을 돌렸다.

형응이 본격적으로 손을 쓰면서 일방적으로 이어진 싸움은 어느새 마무리 단계에 접어들었으나 아직도 치열한 싸움이 벌어지고 있는 곳이 있었다.

'현암이라고 했던가.'

온몸에 피 칠갑을 한 채 협생의 공격을 막아내고 있는 자가 무당의 현암이라는 것을 알아본 풍월이 은혼에게 명했다.

"은 형."

"예, 궁주님."

"사로잡으라고 하세요."

"알겠습니다."

황급히 물러난 은혼이 싸움을 지켜보는 물선에게 몇 마디 말을 건넸다. 그와 동시에 현암의 목을 향해 날아가던 협생의 마지막 일격이 급격히 방향을 틀었다. 그렇게 현암은 적룡무가를 공격했던 이들 중 유일한 생존자가 되었다.

제116장

각개격파(各個擊破)

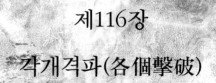

"후우!"

제갈건이 지친 기색이 역력한 모습으로 걸어와 의자에 앉자 제갈후가 가만히 찻잔을 내밀었다.

"힘들었던 모양이구나."

"조금 지칩니다."

제갈건이 인상을 쓰며 고개를 젓자 제갈후가 엷은 미소를 지었다.

"노회한 이들을 상대하는 것이니 당연한 것이겠지. 하지만 익숙해져야 한다. 이제는 네가 제갈세가를 이끌어야 해."

"예."

"그래서 결론은 어찌 났느냐?"

제갈후의 질문에 제갈건의 표정이 딱딱히 굳었다.

"역시 예상대로 움직이기로 한 모양이구나."

"예, 아무리 설득을 해봐도 통하지가 않더군요. 다들 뭔가에 씐 것 같았습니다."

실망스러운 얼굴로 고개를 흔드는 제갈건과는 달리 제갈후는 예상했다는 듯 담담히 고개를 끄덕였다.

"뭔가에 씌었다기보다는 그만큼 패천마궁을, 정확히는 풍 궁주를 두려워하는 것이다. 이미 천하제일인으로 인정받는 풍 궁주가 패천마궁이란 날개를 달았을 때 얼마나 높이, 멀리 날아오를지 짐작을 할 수 없기에 아예 그 날개를 잘라 버리려는 것이지."

"그 마음을 이해하지 못하는 바는 아닙니다. 하지만 개천회가 호시탐탐 기회를 엿보고 있습니다. 이런 상황에서 그동안 개천회의 암계를 무수히 무너뜨린 풍 궁주를 배척한다는 것은 정말 납득하기 힘듭니다. 아닌 말로 풍 궁주가 없었다면 무림은 이미 개천회의 손아귀에 넘어갈 수도 있었을 겁니다. 개천회의 전력을 깎아내리고 개천회와 손을 잡은 북해빙궁에 막대한 타격을 입힌 공만 따져도 엎드려 절을 해도 부족할 지경입니다. 한데 이제 와서……."

"측간을 갈 때와 나올 때의 마음이 다른 것이 사람이다. 하물며 역사적으로 견원지간이었던 양측이야. 개천회란 공동의 적을 두고 일시적으로 손을 잡기는 했으나 개천회의 힘이 현저히 약화된 지금은 다시금 서로를 견제하느라 정신이 없는 것이지. 이성적으론 당연히 개천회를 쫓아야 되지만 감정적으로 그게 마음대로 되지가 않는 것이지."

제갈후가 자신의 머리와 가슴을 톡톡 건드리며 쓰게 웃었다.

"처음엔 그래도 제 의견을 귀담아 들어주는 이들도 많았습니다. 하지만 당가타가 초토화되었던 소식이 결정타였습니다."

"그 얘긴 나도 들었다. 꽤나 많은 이들이 목숨을 잃었다지. 한데 환희살이 사용된 것이 사실이더냐?"

"개방의 사천분타에서 확인을 한 것으로 압니다."

"최악이구나."

제갈후의 입에서 탄식이 터져 나왔다.

"저는 여기에도 의문이 있습니다."

"무슨 뜻이냐?"

"패천마궁이 현 시점에서 당가타를 공격할 이유가 없습니다. 최악의 경우 만독방이 정말 환희살을 이용하여 당가타를 공격했다고 해도 당가는 할 말이 없습니다. 그들이 만독방에 저지른 짓을 생각하면 당연히 받을 수 있는 보복이라는 생각입니다. 세상에 독인이라니요."

자신도 모르게 목청을 높인 제갈건이 길게 숨을 뱉어내곤 말을 이었다.

"환희살은 당가타가 만독방, 혹은 패천마궁에게 공격을 받았다는 가장 중요하면서 확실한 증거지요. 그것을 부정할 수 있는 사람은 없을 겁니다. 하지만 현 시점에서 환희살이 만독방과 패천마궁에만 있느냐면, 그건 아니라고 봅니다."

"너!"

제갈후의 눈이 휘둥그레졌다.

"예, 전 당가의 자작극을 의심하고 있습니다. 당가를 지원하기 위해 움직였다고는 하나 아직까지는 그래도 미온적인 서북무림과 아예 관망하고 있는 강남무림을 움직이기 위한."

"거기까지. 억측은 금물이다."

제갈후가 엄한 눈으로 고개를 저었다.

"억측이었으면 좋겠습니다. 어쨌든 이로써 보다 확실해졌습니다. 이 싸움은 반드시 막아야 합니다."

"알았다. 네 생각이 그렇다면 그게 옳은 것이겠지. 준비를 하도록 하마."

"반대하지 않으십니까?"

너무도 선선히 동의하는 제갈후의 모습에 제갈건이 의외라는 표정으로 물었다.

"며칠 전, 네가 두 마리의 전서구를 띄울 때부터 이미 결정을 내렸다고 생각했는데 아니더냐?"

"그렇긴 합니다만 반대하시면 어쩌나 걱정을 좀 했습니다."

"제갈세가의 가주는 너다. 이런저런 조언은 할 수 있지만 최종 결정을 내리는 것은 가주의 몫이지."

제갈후가 김이 모락모락 나는 차를 따라주며 웃었다.

"그리고 한마디 더 하자면 제대로 판단을 한 것 같아 마음이 놓인다."

"감사합니다."

천천히 차향을 음미하는 제갈건의 표정이 조금 전보다 훨씬 편안해 보였다.

*   *   *

피에 젖은 적룡무가에 밤이 찾아왔다.

새롭게 올린 건물 대부분이 잿더미로 변해 버렸지만 그나마 멀쩡한 형태를 유지하고 있는 전각 몇 개가 있었다. 그중 하나를 차지한 풍월은 깊은 밤이 될 때까지 잠을 이루지 못했다.

"형님의 말이 먹힐까요?"

잠을 청하다 말고 풍월과 술잔을 기울이게 된 형응이 적룡무가의 식솔들이 내어준 국화주를 단숨에 들이켠 후 물었다.

"어느 정도는 영향이 있지 않을까? 서북무림을 이끄는 주축을 봐. 무당과 종남, 청성이야. 이름만 대면 누구라도 알 수 있는 명문 정파. 그들이 지금껏 쌓아올린 명성이 헛된 것이 아니라면 당가의 만행을 묵과하지는 않을 거라 본다."

"일전에도 말했지만 그들은 당가의 만행보다는 형님과 패천마궁의 성장에 더 두려움을 느낄 겁니다."

형응은 부정적인 반응에 씁쓸한 웃음을 흘렸다.

"내가 패천마궁의 궁주가 된 것은 개천회를 박살 내기 위함이었는데 어째 개천회 놈들보다 더 나쁜 놈이 된 듯한 느낌이다. 뭐, 상관은 없다. 어차피 사정할 생각으로 현암이란 도사를 살려 보낸 건 아니니까."

"그게 아니면요?"

형응이 약간은 도발적인 눈빛으로 물었다.

"기회를 주는 거지. 잘못 내디딘 발을 뺄 수 있는 기회."

참으로 오만한 발언이었다. 하지만 형응은 풍월이기에 오만하게 들리지 않았다.

"우리를 공격하기 위해 당가가 무슨 짓을 벌이고 있는지 알면서도 병력을 물리지 않는다면, 당가와 똑같은 부류임을 스스로 증명하는 것. 그에 걸맞은 대우를 해주면 된다."

풍월의 눈가에 순간적으로 살기가 맴돌다 사라졌다. 그때였다. 문밖에서 인기척이 느껴졌다.

"접니다, 궁주님."

은혼의 음성에 풍월이 반색하며 소리쳤다.

"어서 들어와요, 은 형."

문이 열리고 은혼이 방으로 들어섰다. 옷은 제대로 걸쳤지만 잠을 자다 나온 것인지 머리카락 한쪽이 뭉개져 있었다.

"이 밤에 무슨 일입니까? 우리가 술을 하고 있는 것을 알고 온 것은 아닐 테고요."

"군사께서 보내신 서찰이 도착해서요. 그리 급한 내용은 없기에 원래는 내일 아침에 보고를 드리려고 했는데 때마침 술자리를 하고 계신다고 해서 찾아왔습니다."

"잘했어요. 일단 한잔 받아요."

은혼을 자리에 앉힌 풍월은 그가 석 잔의 술을 마신 다음에야 질문을 했다.

"군사께서 뭐라 보내셨습니까?"

"특별한 것은 없습니다. 환사도문이 본격적으로 공격을 시작했다는 것과 오늘 상대하신 귀면에 대한 얘기가 전부입니다. 참고로 귀면의 장단점에 대해선 이미 전서구를 보냈습니다. 그들이 당가에 사로잡힌 본 궁의 무인들이라는 것까지도요."

귀면을 언급하는 은혼의 음성이 은은히 떨렸다. 당가의 만행에 여전히 분노를 참지 못하는 것 같았다.

"환사도문의 움직임은 어떻습니까? 피해는 크지 않다고 합니까? 서북무림을 초토화시켰던 자들입니다."

"이미 대부분의 문파와 세가들이 피신한 상태입니다. 큰 인명 피해는 없는 것으로 압니다. 현재 곧바로 총단을 향해 이동 중이라 합니다."

"총단이라. 대단한 자신감이야."

풍월이 비웃음을 흘렸다. 그들이 어째서 거침없이 총단으로 달려오고 있는지 알고 있기 때문이었다.

"당가도 총단으로 향하고 있고. 과연 서북무림은 어찌 움직일지 모르겠네. 눈과 귀를 가리고 당가를 돕기 위해 끝까지 나설 것인지, 아니면 당가의 만행에 움직임을 멈출 것인지 말이야."

형웅은 지체 없이 당가와 합류할 것이라 예상했고, 풍월은 반반의 확률로 어쩌면 당가를 성토할 수 있다고 여겼다.

승자는 형웅이었다.

　　　　　＊　　　　　　＊　　　　　　＊

　"이삼 일 후면 당가와 서북무림이 합류에 성공할 것 같습니다. 그리고 정의맹을 주축으로 하는 강남무림도 움직이기 시작했습니다."

　보고를 하는 사마조의 표정은 환했다. 그가 계획한 모든 일들이 제대로 시행되고 있기에 절로 웃음이 흘러나왔다.

　"서북무림이야 예상을 했지만 정의맹은 조금 의외구나. 엉덩이가 무거울 줄 알았는데 생각보다 빨리 결정이 내려졌어. 네가 힘을 쓴 게냐?"

　사마용의 물음에 사마조는 고개를 저었다.

　"은밀히 힘을 쓴 것은 사실이나 그보다는 당가타가 환희살에 의해 초토화된 사건이 결정적이었습니다. 패천마궁과 풍월에 대한 견제 심리도 작용을 했고요."

　"아무튼 대단한 계집이다. 아무리 목적을 위해서라지만 당가타 역시 당가와 한 핏줄이거늘."

　사마용은 당가타에서 벌어진 일이 당가의 자작극임을 처음부터 알고 있었다. 당령의 부탁으로 당가타를 공격한 이들이 바로 개천회의 무인들이기 때문이었다.

　"사갈 같은 계집입니다. 이번 일이 끝나면 최대한 빨리 제거를 해야 합니다. 자칫 방치를 했다간 큰 우환거리가 될 것입니다."

"그건 차후에 논의토록 하자꾸나. 우선은 풍월이다. 놈은
지금 어디에 있느냐?"

"적룡무가를 떠난 지 하루가 지났으니 이틀 정도면 총단에
도착할 것 같습니다."

"이틀이라면 당가와 서북무림이 합류를 하는 것보다는 빠
르다는 말이군."

"그렇습니다."

"아쉽게 되었어. 녹림이 조금만 더 버텨줬더라면 총단을 쓸
어버리고 풍월을 완전히 고립시켜 버렸을 텐데."

"제 실책입니다. 단 한 번의 공격에 녹림의 의도를 파악하고
총단을 날려 버릴 줄은 생각도 못했습니다. 보다 치밀하게 계
획을 짰어야 했습니다."

사마조는 자신이 녹림의 역량을 너무 과대평가했음을 자책
했다.

"괜찮다. 시간상으로 좋은 기회를 놓치기는 했다만 결정적
으로 계획이 틀어진 것은 아니니."

천천히 자리에서 일어난 사마용이 벽에 매달려 있는 지도
를 가만히 바라보았다. 패천마궁을 중심으로 각 문파와 세력
등을 상징하는 온갖 표식이 빼곡하게 붙어 있었다.

"흠, 개천단과 금검단이 이미 도착을 했더냐?"

패천마궁 총단 인근에 붙어 있는 개천단과 금검단의 표식을 보며 놀라 물었다.

"적의 이목을 피하기 위해 변복을 하고 삼삼오오 짝을 지어 이동을 했습니다. 개천단은 이틀 전, 금검단은 오늘이면 집결이 끝납니다."

변복이란 말에 사마용이 헛웃음을 내비쳤다.

"허허! 고생들 했겠군."

"당가가 워낙 사고를 크게 치고 있어서 별다른 어려움은 없었던 것으로 압니다."

"그래, 한데 공격 시점은 언제로 잡을 것이냐? 서북무림이 합류한 직후더냐? 아니면 이들을 기다릴 것이냐?"

사마용이 패천마궁의 총단에서 가장 멀리 떨어진 정의맹의 표식을 손가락으로 툭툭 치며 물었다.

"제 생각 같아선 바로 공격을 했으면 하는데 당령이 어찌 판단을 할지는 모르겠습니다."

"전적으로 그 계집에게 달렸다?"

사마용이 어이없다는 표정을 지었다.

"예, 요구한다고 들어줄 위인이 아니니까요. 현 상황에선 그냥 맡겨두는 것이 더 나을 듯싶습니다."

"허 참, 참으로 감당키 힘든 계집이로고."

사마용의 입에서 너털웃음이 흘러나오자 사마조는 민망함

을 감추지 못했다.

하지만 그들은 몰랐다. 싸움을 시작하는 것은 당가도 개천 회도 아니다.

싸움을 시작할 시기나 장소 모두가 풍월의 선택에 달려 있었다. 그리고 풍월은 패천마궁의 총단으로 합류하는 대신 선공을 하기로 결정했다.

＊　　　＊　　　＊

"서쪽 완월 지역에 도착해 있는 환사도문의 병력은 대략 삼백여 명에 이릅니다."

사유의 보고에 순후가 한숨을 내쉬었다.

"완월이라면 하루 정도의 거린가? 그런데 숫자가 전혀 줄지 않았군."

"모조리 퇴각을 명했기에 거의 충돌이 없었고, 충돌이 있다고 해도 피해를 전혀 주지 못했습니다."

"어쨌거나 우리 쪽 세력을 지켰다는 것이 중요한 것이겠지. 당가는?"

"당가는 환사도문과 정반대쪽에 위치해 있습니다. 역시 하루 정도의 거리입니다. 순수 당가의 병력은 백 명 남짓이나 그들이 만들어낸 독인이 대략 칠십여 구……."

"칠십? 무슨 소리야? 일전에 보고에선 오십이라 그랬잖아. 설마 그사이에 또 늘었다는 거야?"

순후가 깜짝 놀라 물었다. 고작 이십에 불과하나 독인의 위력을 감안했을 때 엄청난 전력의 증대라 볼 수 있었다.

"아무래도 그런 것 같습니다."

"미치겠군."

순후가 거칠게 고개를 내저었다.

"하지만 독인보다 더 심각한 것은 놈들이 잡고 있는 패천마궁의 포로들입니다."

"절.심.단."

"예, 절심단을 얼마나 보유하고 있는지 확인할 수는 없으나 당가에서 포로로 잡고 있는 인원이 무려 이백에 이릅니다. 그들이 아무런 이유도 없이 포로들을 끌고 다닐 이유가 없다는 것을 감안했을 때, 그들 모두가 광인으로 변모될 가능성이 높습니다."

당가에선 절심단을 복용한 자들을 귀면이라 불렀지만 패천마궁에선 광인으로 칭하고 있었다.

"악마 같은 놈들. 인두겁을 쓴 짐승들이 아니더냐! 하지만 그런 짐승들에 동조하는 쓰레기들이 있으니."

분노한 순후가 이를 부득 갈며 물었다.

"쓰레기들은 합류를 했느냐?"

"아직 합류를 하지는 않았습니다. 서북무림 진영에 침투해 있는 요원들의 보고에 의하면 대략 이틀 정도면 합류를 할 수 있을 것 같은데 움직임이 조금은 굼떠졌다고 했습니다. 아마도 궁주께서 현암이란 도사를 이용해 절심단과 절심단을 복용한 포로들에 대해 폭로한 것이 주효한 것 같습니다. 당가에 대한 반감이 상당한 것 같더군요. 내부에서조차 의견 조율이 안 된다는 말도 있습니다."

"흠, 궁주께서 제대로 판단을 하셨구나. 의견이 갈린다니 조금은 다행이려나?"

풍월의 판단에 찬사를 보내는 순후와는 달리 사유의 표정은 어두웠다.

"그건 아니라고 봅니다. 사실 유무를 떠나 당가타에 대한 공격으로 당가에 나름 명분이 쌓였습니다. 게다가 당한 이들이 저들이 벌레보다 못하게 보는 마도, 본 궁의 사람들이니까요. 의견 충돌은 있을지 몰라도 어차피 움직일 겁니다."

사유의 냉정한 판단에 순후는 반박을 하지 못하고 씁쓸하게 고개를 끄덕였다.

"그렇겠지. 참, 이동 중이라는 사천의 문파들은 합류를 했나?"

"아직입니다. 정확히는 어디로 합류할지 확인되지 않고 있습니다. 다른 곳은 몰라도 점창이나 아미는 당가보다는 아무래도 서북무림에 합류할 가능성이 높기는 합니다."

"인원은?"

"대략 백오십 정도 되는 것 같습니다."

"백오십? 뭐가 그리 많아?"

예상보다 훨씬 많은 인원에 순후의 표정이 딱딱하게 굳었다.

"아무래도 사천의 맹주라 할 수 있는 당가의 요청이다 보니 무리를 해서 인원을 동원한 것 같습니다. 서북무림이 위기에 빠졌을 때보다 훨씬 적은 인원을 보냈습니다."

"후! 기존 인원과 합치며 육백에 육박하는 숫자군. 궁주께서 백 명 가까이 줄였음에도 엄청난 숫자야."

"하지만 어차피 주력은 무당파와 종남, 청성, 그리고 이번에 합류할 점창과 아미라고 보시면 됩니다. 숫자상 대략 삼백 정도 됩니다."

"문제는 궁주님이 이끌고 계신 천마대를 제외하곤 그들을 확실하게 막을 병력이 없다는 거지. 내분으로 인한 피해가 너무 컸어. 패천마궁을 떠받치던 세력들의 주력이 모조리 날아가고 말았으니까. 제길, 궁주께서 반역자들을 쓸어버리실 땐 그렇게 통쾌하더니만 상황이 이렇게 되고 보니 조금은 아쉽군. 적당히 머리만 날려 버리고 굴복시켰으면 더 좋았을 것을."

"그것이 불가능하다는 것은 군사께서 더 잘 알고 계시잖습니까?"

"알지. 답답해서 하는 소리다."

순후의 탄식이 방 안을 가득 채웠다.

"사방에서 밀고 들어오는 놈들도 버거운데 언제 모습을 드러낼지 모르는 개천회 놈들까지 생각한다면, 이건 정말 답이 없는 싸움이야."

"아직 끝이 아닙니다."

"끝이 아니다? 아직도 파악되지 않은 자들이 있단 말이냐?"

순후가 허탈하게 웃으며 물었다.

"정의맹을 필두로 하는 강남무림에서 움직이기 시작했다는 보고입니다."

"결국은 그렇게 되었구나. 한 치 앞도 보지 못하는 어리석은 놈들."

힘없이 고개를 젓던 순후의 눈에서 살기가 뿜어져 나왔다.

"아니, 모를 리가 없어. 알면서도 움직이는 것이야. 비겁한 놈들 같으니! 제 놈들이 누구 덕분에 위기를 넘겼는데."

이미 어느 정도 예견이 되었고 각오를 했음에도 풍월의 활약으로 개천회의 마수에서 벗어난 강남무림이 패천마궁으로 공격을 결정하자 순후의 분노는 하늘을 찔렀다.

"본 궁을 배반한 흑귀와 적귀대 놈들도 있습니다. 인원은 백 명이 되지 않지만 어쩌면 가장 위협적인 놈들이라 볼 수 있습니다."

"그렇지. 그놈들도 있었어."

언제 분노를 했냐는 듯 맥이 탁 풀린 표정으로 물었다.

"움직임은 파악이 되었나?"

"흑귀대는 놓쳤지만 개방의 도움으로 적귀대는 파악되었습니다."

"개… 방?"

순후는 황당한 표정을 감추지 못했다.

"예, 보고를 받고 저도 깜짝 놀랐습니다. 아무래도 개방의 윗선에서 본 궁을 도우라는 명령이 내려진 모양입니다."

"궁주님의 의형께서 움직이셨구나. 구양 방주께서……."

순후가 감격 어린 표정을 지을 때 사유의 말은 계속 이어졌다.

"개방의 제보를 받고 적귀대의 행적을 추적한 결과, 서북무림이 진을 치고 있는 곳에서 얼마 떨어지지 않은 한 정원(庭園)에 은밀히 대기하고 있는 놈들을 확인할 수 있었습니다."

"흥! 개천회 놈들의 꼭두각시가 된 놈들이 서북무림을 공격할 이유는 없을 테고, 결국 어부지리를 얻으려는 것이겠지."

"그렇습니다."

순간, 순후의 눈빛이 번뜩였다.

"적귀대뿐만이 아니다. 어쩌면 개천회 놈들의 꼬리를 잡을 수도 있겠구나."

"아!"

"즉시 궁주님께 알려라. 서북무림 놈들보다 더 위험한 놈들이 개천회다. 개천회가 개입한 확실한 증거를 잡으면 서북무림 놈들도 함부로 움직일 수 없을지 모른다."

"바로 전서구를 보내겠습니다."

사유가 벌떡 일어날 때 문밖에서 음성이 들려왔다.

"군사님."

"무슨 일이냐?"

"모두 회의장에 모였습니다."

"알았다."

대답과 함께 자리에서 일어난 순후가 막 문을 열고 있는 사유에게 지나가듯 물었다.

"참, 화산파는? 그들은 합류를 한 건가?"

"아직입니다."

"아직?"

순후가 의외라는 표정을 지으며 물었다.

"예, 최대한 느리게 움직이고 있습니다. 당가를 돕기 위해 제자들을 보내긴 했지만 아무래도 행동이 조심스러운 모양입니다."

"쯧쯧, 화산파의 입장도 참 그렇군. 어떤 선택을 하든 간에 욕을 먹을 수밖에 없는 위치야. 그래도 최대한 느리게 움직인다면 결국 궁주님을 조금 더 배려한다는 것이겠지."

씁쓸히 웃은 순후가 사유의 어깨를 짚으며 명했다.

"궁주님께 화산파의 소식도 알려라. 궁주님의 마음이 조금은 편해지실 테니까."

                    *   *   *

적룡무가에서 서북무림의 선발대라 할 수 있는 인원을 몰살시킨 풍월은 현암을 살려 보냈다.

현암을 살려 보내면서 그가 노린 효과는 두 가지였다.

하나는 절심단이라는 약을 이용해 포로들을 광인으로 만드는 당가의 만행을 만천하에 알리는 것이었고, 둘째는 어쩌면 그로 인해 서북무림이 당가에 대한 지원을 멈출 수도 있다는 기대였다. 물론 가능성이 희박하다는 것은 알고 있지만 설사 그렇다고 해도 분명 문제가 될 것이라 여겼다.

풍월의 판단은 정확했다.

서북무림의 무인들은 적룡무가를 공격한 이들이 몰살당했

다는 사실에 분노하면서도 당가가 절심단이란 약을 이용해 저지른 악행에 아연실색했다. 설마하니 당가가 그들이 경원시 하는, 마도나 사도의 무리들이 저지르는 행동을 할 줄은 상상도 못했기 때문이다. 물론 이미 포로들을 이용하여 독인을 만들었다는 소문이 있었고 거의 사실로 굳혀졌으나 그걸 명확히 눈으로 본 사람은 없었다.

그런데 이번은 달랐다. 절심단을 복용한, 귀면이라 불리는 자들의 행동을 똑똑히 목격한 현암의 생생한 증언이 전해진 것이다.

서북무림의 수뇌들은 고민하지 않을 수 없었다.

지원을 중단해야 한다는 의견도 있었고 그간의 공적과 개천회와 싸우느라 급격히 세력이 약해진 당가의 상황, 최근에 있었던 당가타에 대한 공격 등을 거론하며 당가를 계속 지지해야 한다는 의견도 있었다.

갑론을박은 꽤나 한참 동안, 그리고 치열하게 이어졌다.

결론은 당가를 끝까지 지원하는 것이었다.

팽팽했던 양측 주장의 균형을 무너뜨린 것은 개천회의 위협이 많이 사그라든 지금, 미래의 악이 될 수 있는 패천마궁을 확실히 처리해야 한다는 논리와 적룡무가에서 패천마궁에게 몰살을 당한 이들의 복수를 해야 한다는 무당파와 종남파의 강력한 주장 덕분이었다.

서북무림이 당가를 계속 지원하기로 결정하자 풍월은 곧바로 공격 준비를 했다.

그 위력이 정확히 파악되지는 않았으나 상당할 것이라 예상되는 독인을 다수 보유하고 있고, 절심단을 이용해서 언제든지 귀면을 만들어낼 수 있는 당가는 이미 그 자체의 전력만으로 서북무림을 능가하고 있다. 거기에 서북무림까지 합쳐지면 내분으로 만신창이가 된 패천마궁에서 감당하기가 불가능하다 판단했기 때문이다.

백 명이 채 안 되는 인원으로 서북무림을 공격하는 것 또한 분명 무리였다. 그러나 자신과 형웅, 밀은단과 천마단에서도 실력자들만 차출하여 치고 빠지는 식으로 공격을 한다면 상당한 효과를 얻을 수 있으리라 확신한 풍월은 야음을 틈타 서북무림이 머물고 있는 곳으로 은밀히 움직였다.

풍월과 함께 움직인 인원은 정확히 삼십 명. 서북무림이 보유하고 있는 인원의 십분지 일도 채 안 되는 숫자였으나 그 누구도 실패를 생각하지 않았다.

하지만 목표가 된 적들을 눈앞에 두고 막 공격을 하려던 찰나, 본 궁에서 급히 전해진 소식으로 인해 계획은 전면 수정될 수밖에 없었다.

곧바로 철수한 풍월은 이미 준비를 마치고 대기하고 있던 나머지 천마대원들과 함께 북상을 했다.

목표는 승천원(昇天園). 인근 지역에서 꽤나 큰 영향력을 자랑하는 남천상회의 회주가 주인으로 알려진 곳이다.

정원의 규모도 컸고 잘 꾸며진 가산(假山)과 조경수, 정원 전체를 아우르는 크고 작은 연못, 각각이 하나의 예술 작품을 보는 듯한 전각들이 어우러져 항주나 소주의 유명한 정원에 비견되는 곳이기도 했다.

풍월이 천마대를 이끌고 도착하자 미리 승천원으로 움직여 적들의 움직임을 살피고 있던 은혼이 달려왔다.

"상황은 어떻습니까? 아니, 그보다 적귀대가 틀림없는 겁니까?"

풍월이 다소 상기된 얼굴로 물었다.

"예, 놈들을 감시하던 묵영단의 요원들이 몇 번이나 확인을 했답니다."

"개천회 놈들이 집결한 것도 맞고요?"

"개천회인지는 확인하지 못했습니다. 하지만 수하들의 말로는 삼삼오오 짝을 이룬 자들이 끊임없이 몰려들고 있다 했습니다. 현재까지 정원으로 사라진 인원만 거의 팔십. 몸놀림이 하나같이 예사롭지 않다고 했습니다."

"흠, 그럼 틀림없겠네요. 현 무림에서 적귀단과 함께 움직일 자들은 개천회뿐일 테니까요."

풍월은 생각할 것도 없이 승천원에 몰려든 자들을 개천회의 병력이라 단정했다.

"묵영단의 요원들 덕분에 예상치도 못한 곳에서 대어를 낚았습니다."

"아닙니다. 개방의 도움이 결정적이었습니다."

"개방이요?"

풍월이 눈을 동그랗게 뜨며 되물었다.

"예, 구양 방주께서 인근 지역의 개방도들에게 따로 명을 내리신 모양입니다. 그들이 아니었다면 솔직히 이곳을 찾아내지는 못했을 겁니다."

은혼의 솔직한 말에 풍월은 너털웃음을 흘렸다.

"맨날 부려만 먹는 줄 알았는데 그래도 한 건 해줬네."

형응이 소리 없이 웃었다.

"아무튼 잘됐어. 개천회 놈들이 언제 뒤통수를 칠지 몰라 걱정했는데 일단 쓸어버리고 시작하자. 개천회가 개입한 것을 알면 서북무림에서도 뭔가 느끼는 것이 있겠지."

심호흡을 한 풍월이 잔뜩 기세를 끌어 올리고 있는 밀은단과 천마대를 보며 말했다.

"적귀대와 개천회다. 너희도 알다시피 상당한 강적이다. 하지만 단언컨대 너희가 더 강하다. 적의 숫자에 겁먹지 마라. 제 실력만 발휘한다면 너희를 막을 놈들은 아무도 없다."

밀은단과 천마대는 손에 든 무기를 가슴에 대는 것으로 대답을 대신했다.

"선봉은 나와 형응이 선다. 제대로 따라와라."

몸을 돌린 풍월이 승천원을 응시하며 물었다.

"준비됐나?"

"예."

"가자."

몸을 날린 풍월은 그야말로 빛살과도 같은 속도로 내달렸다. 뒤따르는 형응도 이에 지지 않았다.

*　　　*　　　*

막부산 북서쪽 능선.

장강수로맹의 맹주 이하 이백의 수하가 은밀히 이동하고 있다.

개천회의 명에 의해 최정예로 꾸려진 병력을 이끌고 은밀히 막부산을 오른 장강수로맹주 화도융의 표정은 극도로 상기되어 있었다.

견원지간이라 할 수 있는 녹림십팔채를 끝장내고 장강과 녹림을 양손에 쥐고 흔들 수 있는 기회가 주어졌다. 최근 들어 세를 급격히 키우기는 했으나 장강수로맹 자체적으로 녹림을 공격하는 것은 분명 무리다. 설사 녹림십팔채를 무너뜨리는 데 성공을 한다고 해도 그 피해가 막심할 것이고, 녹림을 제대로 장악도 못할 터였다.

하지만 녹림이 내분으로 인해 막대한 피해를 당한 지금은 다르다. 게다가 개천회로부터 어느 정도 지원까지 약속받은지라 패배는 생각할 수도 없었다.

"척후들은 돌아왔느냐?"

잠시 걸음을 멈추고 숨을 고르던 화도융이 수룡단주에게 물었다.

"예, 모두 돌아왔습니다."

"놈들의 상황은 어떻다고 하더냐?"

화도융이 기대감에 찬 눈빛으로 물었다.

"쥐 죽은 듯이 조용하다고 합니다. 주변을 에워싸고 있던 감시망과 매복 진지 등은 아직 복구를 하지 못해 황폐화되어 있고 경계를 서는 자들조차 없다고 합니다."

"조부의 자리를 되찾았다고 어린 계집이 제대로 방심을 하고 있구나. 우리에겐 더없이 좋은 기회겠지만."

스산하게 웃은 화도융이 주변을 돌아보았다.

각 수채에서 차출한 최고의 실력자들. 자신의 명이라면 불길도 마다하고 뛰어들 수하들의 형형한 눈빛에 자신감이 하늘을 찔렀다.

"하늘마저 우리를 돕는구나."

화도융이 달빛이 구름에 가려 칠흑처럼 어둔 하늘을 바라보며 웃었다.

"여기까지 와서 시간 끌 것 없다. 곧바로 공략을 시작한다, 건수."

"예, 맹주님."

수룡단장 건수가 허리를 굽혔다.

"시작해라! 계획대로 놈들을 공략한다."

"존명!"

화도융이 명을 받고 돌아가는 건수를 향해 차갑게 말했다.

"포로는 필요 없다."

잠시 후, 셋으로 나뉜 장강수로맹의 병력이 녹림십팔채의 총단을 공략하기 시작했다.

뭔가가 이상했다. 외곽 지대의 경비는 그렇다 쳐도 정문을 지키는 자들도 없었다. 심지어 정문을 뚫고 안쪽으로 진입을 했음에도 단 한 명의 적도 보이지가 않았다.

"대체 무슨 말이냐? 총단이 비다니?"

뒤늦게 달려온 화도융이 주변을 둘러보며 소리쳤다. 아닌 게 아니라 어느 곳에서도 충돌음이 들리지 않았다. 그저 적들을 찾아 사방을 쑤시고 다니는 수하들의 움직임만 부산하게 보일 뿐이다.

"이게 대체……."

녹림의 총단이 텅 비어버린 믿기 힘든 상황에 화도융은 크게 당황하고 있었다.

"하면 놈들은, 산적 놈들은 대체 어디로 갔단 말이냐?"

그의 질문에 대답을 할 수 있는 사람은 아무도 없었다.

                    *   *   *

쫭!

일격에 정문을 박살 낸 풍월이 승천원으로 진입했다.

사방을 뒤덮은 먼지를 뚫고 모습을 드러내는 풍월의 눈빛은 차갑게 가라앉아 있었다.

"적귀대와 개천회는 나서라."

풍월의 일갈에 사방에서 무인들이 쏟아져 나왔다.

정문이 박살 나는 것과 동시에 문을 박차고 뛰쳐나온 적귀대가 가장 먼저 풍월을 향해 달려들었다.

전신에서 야수와 같은 살기가 뿜어져 나오고 핏빛으로 변한 눈동자에선 죽음의 기운이 넘실거렸다.

풍월은 자신을 향해 짓쳐 오는 적귀대를 보면서 입가에 차가운 미소를 지었다.

쿠웅!

지축을 뒤흔드는 진동음과 함께 그의 전신에서 뿜어져 나온 기세가 적귀대를 강타했다.

지금껏 상상도 해보지 못한 압력에 전신이 휘청거렸다.

커다란 바위가 가슴을 짓누르는 듯 무겁고 숨이 막혔다. 하지만 그럼에도 한 명도 물러서지 않았다. 오히려 더욱 기를 쓰고 달려들었다.

섬뜩한 기운과 함께 한 줄기 검기가 풍월의 몸을 훑고 지나갔다.

야차같이 달려드는 적귀대의 공격이 풍월을 향해 연속적으로 들이쳤다.

뒤늦게 승천원에 진입한 천마대원들이 무방비로 공격을 허용하는 풍월의 모습을 보며 깜짝 놀랄 때, 정작 풍월을 따라 움직이던 형웅은 적귀대가 아니라 후미에서 몰려오는 개천회, 정확히는 개천단을 향해 달려갔다.

꽝! 꽝! 꽝!

연거푸 들려오는 충돌음과 함께 풍월을 공격했던 적귀 대원 다섯이 외마디 비명을 내지르며 나가떨어졌다.

온몸의 뼈가 부서지고 오장육부가 뭉개진 상황에서 숨이 붙어 있을 수는 없는 법. 칠공에서 피를 흘린 채 땅바닥에 처박힌 그들은 고통스러운 신음을 내뱉다가 이내 숨이 끊어졌다.

천마탄강으로 적귀대 다섯의 숨통을 간단히 끊어버린 풍월이 묵운을 움직였다.

부드럽게 회전하는 묵운의 전신에서 자색 강기가 피어올랐다.

화산파 검법의 정수라 할 수 있는 자하검법.

극성에 이른 자하검법의 위력은 가히 천하를 진동시킬 만한 위력이 있었다.

사방 십여 장이 풍월이 휘두른 자하검법의 위력에 노출되었다.

쫘쫘쫘쾅!

땅거죽이 뒤집어지고 사방으로 솟구친 흙먼지가 그렇잖아도 어두운 하늘을 완전히 가렸다.

후우우우웅!

섬뜩한 파공성과 함께 미친 듯이 춤을 추던 흙먼지가 한곳으로 빨려들어 가며 소용돌이를 만들었다.

"조, 조심해라!"

심상치 않은 기운을 느낀 적귀대주 마통이 수하들을 향해 다급히 경고했다. 하지만 굳이 경고를 할 필요는 없었다. 주변의 흙먼지를 모조리 집어삼키고 덩치를 키운 소용돌이를 보며 두려워하지 않을 사람은 아무도 없었으니까.

"타핫!"

힘찬 기합성과 함께 맹렬히 회전하던 소용돌이가 적귀대를 덮쳤다.

"피햇!"

마통이 필사적으로 몸을 날렸다. 수하들 역시 동시에 사방으로 흩어졌다. 하지만 미처 피하지 못하고 소용돌이에 휘말린 자들도 적지 않았다.

말로 표현하기가 힘들 정도로 끔찍한 비명이 승천원을 뒤흔들었다. 그리고 그들이 뿌린 피가 안개가 되어 흩날렸다.

소용돌이가 사라지고 흙먼지가 피에 젖어 가라앉았을 때 주변에 있던 두 채의 전각이 흔적도 없이 사라졌다. 전각 앞을 장식하고 있던 조각상들 역시 먼지가 되어 흩어졌다.

"크으으!"

마통의 입에서 침통한 신음이 흘러나왔다. 경악을 감추지 못한 표정은 파랗게 질린 상태였다.

단 한 번의 공격으로 열두 명의 적귀대가 목숨을 잃었다. 앞서 목숨을 잃은 다섯까지 포함하면 모두 열일곱. 삼분지 일이 넘는 인원이 눈 깜짝할 사이에 사라진 것이다.

'이, 인간이 어찌……'

강하다는 것은 알고 있었다. 누구보다 강한 개천회의 고수들이 풍월을 어쩌지 못해 전전긍긍했고, 패천마궁의 수많은

절세 고수들이 무릎을 꿇었다. 그 모든 사실을 감안한다고 해
도 풍월의 강함은 정말 터무니없는 것이었다.

두려움에 전신이 떨리고 이가 딱딱 부딪쳤다. 그럼에도
마통은 물러서지 않았다. 살아남은 적귀 대원들 또한 마찬
가지였다. 흩어진 적귀 대원들이 마통의 주변으로 몰려들었
다.

그들을 바라보는 풍월의 눈동자가 살짝 가늘어졌다. 그것
도 잠시, 멈췄던 묵운이 곧바로 적들을 향해 움직였다.

일진광풍과 함께 수백, 수천의 매화가 허공을 수놓으며 적
귀 대원들의 머리 위로 쏟아져 내렸다.

이십사 수 매화검법의 절초 매화만천이다.

달빛에 젖은 매화는 눈이 부시도록 아름다웠으나 정작 매
화를 맞이해야 할 적귀 대원들의 눈은 공포로 물들었다.

봄바람에 흩날리듯 하다가 어느새 빛살처럼 날아드는 매화
의 움직임은 치명적이었다.

위험을 감지한 적귀 대원들이 매화를 피하기 위해 죽을힘
을 다해 몸을 움직이고 검을 휘둘러 봐도 소용이 없었다.

"크악!"

"으아악!"

사방에서 비명이 터져 나오고 그들이 흘린 피로 인해 사방
에 혈화가 피어올랐다.

또다시 일곱 명의 수하들이 쓰러졌다.

마통의 입장에선 절망적인 상황이었지만 공격을 한 풍월은 눈앞의 결과가 만족스럽지 못했다. 최소한 절반은 날려 버릴 수 있을 것이라 생각했지만 생각보다 쓰러진 적이 많지 않았다.

풍월은 사귀대가 어째서 패천마궁을 대표하는 전투단으로 명성을 떨쳤는지 이해할 수가 있었다. 단순히 실력이 뛰어난 것도 있지만 지금껏 상대했던 그 어떤 자들보다 확실히 끈질기고 생존력이 대단했다.

'하지만 진짜는 따로 있지.'

풍월의 시선이 공격 명령만을 기다리고 있는 천마대로 향했다.

훈련을 마치자마자 패천마궁을 배반한 눈앞의 적귀대와는 달리, 천마대는 그들과는 비교도 되지 않을 정도로 노련했고 온갖 경험을 갖추고 있었다. 게다가 자신과의 훈련을 통해 그 실력마저 비약적으로 발전했다.

형웅을 돕기 위해 나뉘었는지 인원은 얼마 되지 않았지만 뒤처리 정도는 충분히 믿고 맡길 수 있었다.

"물선."

"예, 궁주님."

"처리해라."

"존명!"

물선에게 적귀대의 운명을 맡긴 풍월은 엉거주춤한 자세로 적의를 뿜어내고 있는 적귀대를 그대로 지나쳐 갔다.

"사귀대의 이름에 먹칠을 한 놈들! 오늘만을 기다렸다, 버러지들아!"

물선이 마통을 향해 토해내는 분노의 외침을 들으며 이동한 풍월의 눈에 적진 한가운데서 날뛰는 형웅의 모습이 들어왔다. 그의 주변에 벌써 꽤나 많은 적들이 널브러져 있는 것이 제대로 살수를 뿌린 것 같았다.

형웅의 뒤를 따라 적들을 공격하고 있는 밀은단과 천마대 또한 뛰어난 활약을 펼치고 있었다. 적들의 숫자가 그들의 배가 넘음에도 조금도 밀리지 않고, 오히려 조금씩 승기를 잡아가는 모습을 보여주었다.

마련과의 싸움에서, 적룡무가에서 벌어진 서북무림과의 싸움에서 적은 숫자로도 압도적인 모습을 보여줬던 밀은단과 천마대다. 비록 두 배를 훌쩍 넘는 적들과의 싸움이지만 이렇듯 치열한 공방을 펼친다는 것은 적들의 수준이 그만큼 높다는 것을 의미했다.

하지만 당연한 일이었다. 지금 밀은단과 천마대가 상대하는 적들은 개천회에서 심혈을 기울여 키운 개천단이다. 그들을 키워낸 회주 사마용이 개개인의 실력은 물론이고 집단전까지 패천마궁의 사귀대보다 더 강하다고 자부할 정도로 대단한 실력자들.

밀은단과 천마대가 고전하는 것은 필연이라 할 수 있었다. 아니, 오히려 개천회가 경악을 할 일이었다.

풍월의 표정이 살짝 굳었다. 입에선 한숨이 흘러나왔다.

청평산 분지에서 함께 수련을 한 후, 사귀대로 명성을 떨칠 때보다 훨씬 뛰어난 실력을 지니게 된 천마대.

그동안 제법 많은 싸움을 해왔지만 피해는 극히 미미했다. 그러나 어쩌면 오늘, 생각보다 많은 피해를 볼 수 있다는 생각이 들었다.

패천마궁의 가장 강력한 힘이라고 할 수 있는 천마대의 약화는 그 자체로도 가슴 아프고 안타까운 일이다. 하지만 이후 벌어질 환사도문, 당가와의 싸움에서도 상당한 악재라고 할 수 있었다.

그럼에도 지금 당장은 천마대를 도울 수가 없었다.

풍월의 시선이 좌측으로 향했다.

자신을 향해 천천히 걸어오는 세 명의 노인과 한 명의 사내. 모습이 보이기 전부터 기운이 느껴질 정도로 대단한 기세를 지닌 고수들이었다. 특히 그중 한 명은 익히 안면이 있는 인물이었다.

"역시 네 녀석이었구나."

개천회의 대장로 위지허가 풍월을 보며 허탈하게 웃었다.

"제갈세가에서 산화를 했다더니만 역시 소문은 믿을 것이 못 되는군요. 애당초 믿지도 않았지만."

"믿고 싶은 자들만 믿으면 되는 것이니까."

태연히 대구한 위지허가 전장으로 시선을 돌리며 미간을 찌푸렸다.

거의 배도 넘는 인원의 개천단이 밀은단과 천마대에 밀리는 것이 영 못마땅한 모양이었다.

"제법 뛰어난 수하들을 두었구나."

"상대가 약한 겁니다."

양 어깨에 묵운과 묵뢰를 턱 걸친 풍월이 짐짓 오만한 자세로 대구했다.

"그놈 참, 생긴 대로 버릇이 없구나."

"실력은 제법 있어 보인다만 상황 파악을 이리 못해서야. 쯧쯧."

개천회의 장로 사마납과 사마천이 번갈아가며 풍월을 힐난했다. 하지만 풍월은 그들의 말에는 대구조차 하지 않고 자신만 물끄러미 바라보고 있는 사내에게 시선을 주었다.

"혹시 사마풍운?"

풍월이 자신의 이름을 알자 사마풍운의 짙은 눈썹이 꿈틀거렸다.

"어떻… 게 알았지?"

"그냥 짐작. 그리고 누가 그러더라고. 사마세가엔 어릴 적부터 회대의 천재로 이름을 날렸다는 기린아가 숨어 있다고. 주화입마 어쩌고 하기는 했지만 지금껏 한 짓을 보면 그건 당연히 개소릴 것이고. 아, 이번에 남궁세가의 잠룡들을 박살 낸 얘기도 들었지."

"잠룡이 아니라 토룡에 불과했다."

사마풍운이 가소롭다는 듯 말하자 풍월이 피식 웃음을 터뜨렸다.

"그건 너도 마찬가지야."

순간적으로 굳었던 사마풍운의 입가에 비릿한 미소가 흘렀다.

"격장지계(激將之計)는 통하지 않는다."

"격장지계? 굳이 그런 수를 쓸 이유가 있을까?"

풍월의 반문에 사마풍운의 미소는 더욱 짙어졌다.

그때, 사마납이 말릴 틈도 없이 풍월에게 달려들었다. 위지허의 안색이 살짝 변했으나 별다른 반응을 보이진 않았다.

사마납이 풍월을 향해 주먹을 내질렀다.

뇌정마존이 남긴 벽력신권의 절초 붕산격이다.

왼손에 들린 묵운을 땅에 꽂은 풍월이 붕산격을 향해 손을 뻗었다.

흐릿한 수영(手影)이 환상처럼 피어올라 사마납과 풍월 사이의 공간을 뒤덮었다.

산화무영수의 절초 봉취수련(鳳取睡蓮)이다.

붕산격의 강맹한 기운이 산화무영수와 정면으로 부딪쳤다. 커다란 충돌음이나 요란한 충격파는 없었다. 애당초 붕산격이 부딪친 산화무영수는 허초에 불과한 것. 사마납이 그것을 눈치챘을 때 허초 사이에 몸을 숨기고 있던 실초가 그의 품을 파고들었다.

황급히 물러나며 주먹을 휘두르는 사마납.

팡! 팡! 팡!

가죽 터지는 소리와 함께 사마납의 신형이 뒤로 쭈욱 밀렸다.

오 장여나 뒷걸음을 친 뒤에야 중심을 잡은 사마납이 어이가 없다는 얼굴로 풍월을 바라보았다.

가슴 어귀에 일격을 허용했지만 뒤로 물러나며 대부분의 기운을 해소했기에 큰 부상은 당하지 않았다. 하나, 부상 따위가 문제가 아니었다. 비록 전력을 다한 것은 아니라 해도 자신이 사용한 무공은 팔대마존의 무공이다.

그에 반해 풍월이 사용한 무공은 화산파의 산화무영수. 물론 산화무영수를 무시할 생각은 없었으나 벽력신권이 산화무영수에 밀릴 줄은 상상도 하지 못한 일이었다.

사마납과 풍월의 공방을 지켜본 사마천과 사마풍운의 낯빛이 딱딱하게 굳었다.

단 한 번의 공방이었으나 두 사람 사이의 우열은 확실하게 드러났다. 특히 풍월이 천마의 무공을 쓰지 않고도 우위를 차지했다는 것이 시사하는 바는 컸다.

두 사람과는 달리 천마동부에서 풍월과 격전을 치러본 경험이 있던 위지허는 이미 예상을 했다는 듯 담담한 표정이다. 당시의 승리도 어느 정도는 운이 따랐다고 여겼기에 천마의 무공을 얻은 지금 위지허는 단독으로 풍월을 꺾을 수 있는 사람은 없다고 확신했다.

사마납이 풍월을 향해 다가갔다. 이를 지켜보던 세 사람이 풍월을 에워쌌다.

풍월과 홀로 자웅을 겨뤄보고 싶었던 사마풍운이 다소 불만스러운 표정을 지었지만 위지허의 엄한 눈길에 곧바로 불만을 누그러뜨렸다.

선공은 사마천으로 시작되었다.

월영환. 날카로운 외침과 함께 양손에 쥔 칼을 휘두르자 초생달 모양의 도강이 사선으로 발출되었다.

'육도마존의 무공이군.'

풍월은 사마천이 손에 들린 두 자루의 칼을 제외하고도 네 자루의 칼을 더 소유하고 있음을 확인하곤 쓴웃음을 지었다.

과정이야 어찌 되었든 무림에 출도한 후 첫 번째 패배를 안겨준 사람이 바로 위지허다. 그리고 그가 사용한 무공이 바로 육도마존의 무공. 한데 사마천 역시 같은 무공을 익힌 것이다.

 사마풍운의 공격이 월영환의 뒤를 따랐다.

 노도처럼 이어지는 검강, 검존이 남긴 제왕무적검의 절초가 전혀 엉뚱한 자의 손에서 펼쳐졌다. 그 완성도가 남궁기나 남궁결보다 월등했다.

 사마풍운의 맞은편, 날카로운 파공성과 함께 위지허가 날린 여섯 자루의 칼이 풍월의 요혈을 노리며 짓쳐 들었다. 칼의 움직임과 호응하며 밀려드는 사마납의 권강은 가히 태산이라도 무너뜨릴 듯한 힘을 품고 있었다.

 사방에서 들이치는 강기의 파도, 거센 공격이 뿜어대는 위압감, 살기를 온몸으로 느끼며 풍월이 땅에 꽂았던 묵운을 뽑아 들고 그때까지 어깨에 걸치고 있던 묵뢰를 곧추세웠다.

 풍월이 위기에 빠졌다는 생각에 개천단을 주살하고 있던 형웅이 곧바로 달려오려 하자 풍월이 전음을 보냈다.

 [괜찮아. 걱정하지 말고 쓸어버려.]

 형웅이 머뭇거리자 재차 전음을 보냈다.

 [그냥 믿어.]

자신만만한 음성으로 형응을 돌아서게 만든 풍월이 심호흡을 했다.

눈앞의 적들은 개천회에서도 최고의 고수이자 수뇌들일 터. 게다가 이끌고 온 수하들조차 지금껏 보지 못한 실력자들이다. 그들 모두를 쓰러뜨린다면 개천회를 완전히 무너뜨리지는 못한다고 해도 막대한 타격을 줄 수 있을 것이다.

가슴이 뛰었다. 패배라는 단어는 애당초 존재하지 않았다.

단전에선 서로의 영역을 인정한 자하신공과 천마대공이 폭발적인 힘을 내뿜기 시작했다.

단전에서 시작하여 기경팔맥, 사지백해를 휘돌던 두 힘이 묵운과 묵뢰를 통해 세상에 모습을 드러냈다.

천지가 묵운과 묵뢰에서 뿜어져 나온 광휘에 몸을 떨었다.

단순히 기운을 발출한 것만으로도 위지허와 사마풍운에 비해 다소 내력이 떨어지는 사마천과 사마납의 안색이 창백하게 변했다. 심지어 사마납의 입에선 핏줄기마저 흘러내렸다.

묵뢰에서 솟구친 묵빛 도강이 사마천이 만들어낸 월영환과 사마풍운이 펼친 제왕무적검을 정면으로 부딪쳤다.

콰콰콰콰쾅!

가공할 폭발음과 함께 사마천의 안색이 참담하게 일그러졌다.

도저히 인간이 품은 힘이라고 할 수 없는 거력이 자신이 발출한 월영환을 단숨에 부숴 버렸다. 단 한 번의 충돌로 손에 든 두 개의 칼이 흔적도 없이 사라졌다. 충격의 여파로 내부의 장기가 뒤틀리고 심각한 내상을 입고 말았다.

검붉은 피를 토해내며 물러나는 사마천의 표정은 그야말로 참담했다. 육도마존이 남긴 무공을 익히고 천하를 웅비할 수 있다는 자신감은 온데간데없었다.

사마풍운이 펼친 제왕무적검이 없었다면 단 한 번의 충돌로 숨통이 끊어졌을 터. 처음부터 전력을 다하라는 위지허의 말을 무시한 것이 뼈저리게 후회가 되었다.

제왕무적검의 절초를 펼쳤음에도 풍월을 격살하는 것은 고사하고 겨우 사마천을 구해내는 것으로 만족해야 했던 사마풍운의 신형이 허공으로 솟구쳤다.

풍월의 시선이 그의 신형을 뒤쫓는 것과 동시에 묵뢰가 허공을 갈랐다.

풍뢰도법 사초식 비도풍뢰다.

과거에도 무림의 일절로 명성이 높았지만 풍월이 천마의 무공을 이어받은 지금, 천마의 무공에 녹아든 풍뢰도법의 위력은 이전과 비교할 바가 아니었다.

기겁한 사마풍운이 천근추의 수법으로 재빠르게 땅을 내려선 뒤, 풍월을 향해 검왕현신이란 초식을 발출하려 할 때 급격히 방향을 바꾼 묵뢰가 그의 후미를 노렸다.

"빌어먹을!"

신경질적으로 몸을 튼 남궁풍운은 풍월이 아닌 그의 심장을 노리고 날아드는 묵뢰를 향해 검을 휘둘러야 했다.

풍월이 사마천과 사마풍운을 위협하고 있을 때 위지허와 사마납은 묵운을 통해 펼쳐지는 화산파의 검공을 뚫기 위해 필사적이었다.

이미 약간의 내상을 입은 사마납은 입가에 피를 줄줄 흘려가며 벽력신권의 절초들을 쏟아냈다.

붕산격, 붕산멸, 뇌력강으로 이어지는 초식을 펼칠 때마다 사마납의 안색은 눈에 띄게 변하고 있었다.

몸에 무리가 오고 있다는 것을 알면서도 그는 멈출 수가 없었다. 단 한 번의 공방으로 풍월의 실력을 제대로 파악한 그는 위지허보다 더욱 간절히 싸움에 임했다.

사마납의 두 주먹에서 발출된 권강이 전신의 요혈을 노리며 짓쳐 들었지만 풍월은 구름 위에서 뛰놀듯 한없이 가볍고 부드러운 뇌운보와 자하검법을 적절히 이용하며 그의 공격을 무력화시켰다.

위지허의 견제로 인해 몇 차례 위험한 순간도 있었으나 그때마다 전신을 휘감은 천마탄강이 완벽하게 몸을 지켜주었다.

원손엔 든 검에선 화산파의 절기가 쏟아져 나오고 오른손에 든 도에선 무림사 최고의 고수로 인정받는 천마의 가공할 무공이 펼쳐졌다.

전혀 다른 무공이 한 사람의 몸에서 동시에 펼쳐지는 것도 어이가 없을진대, 그 수준 또한 가공할 지경이다.

"기가 막히는구나!"

온갖 욕설과 경악성을 토해내는 다른 이들과는 달리 위지허의 입에선 절로 탄성이 터져 나왔다.

과거에 한 번 겪어보기는 했으나 이 정도까지는 아니었다.

당연했다. 당시 풍월은 천마의 무공도 얻지 못했고, 자하검법과 풍뢰도법을 극성으로 익히지도 못한 상태였다.

게다가 거듭된 싸움으로 지칠 대로 지친 상황에서 위지허를 상대했다. 천마의 무공이 아니더라도 자하검법과 풍뢰도법만 제대로 완성을 했다면, 그때 쓰러지는 사람은 풍월이 아니라 위지허였을 것이다.

위지허의 눈빛이 무섭게 가라앉았다.

그동안 많은 계획들이 풍월에 의해 무너지고 동료들이 쓰러질 때도 생각한 것이지만, 그와 손속을 나눠보고 다시금 뼈저리게 느낄 수 있었다.

개천회에서 열 손가락 안에 드는 고수 넷을 상대하면서도

믿을 수 없는 신위를 발휘하는 풍월을 그대로 놔둬선 개천회
는 영원히 웅지를 펼칠 수 없다는 것을.

"반드시 죽인다."

위지허가 피를 토하듯 외치며 칼을 날렸다.

"대단… 하구나."

풍월과 개천회를 대표하는 고수들이 경천동지의 대결을 펼
치는 곳에서 얼마 떨어지지 않은 곳.

은밀히 몸을 숨긴 채 그들의 싸움을 지켜보던 무당파의 장
로 진경은 풍월이 보여주는 압도적인 신위에 놀라움을 감추
지 못했다.

직접 만나 보지는 못했지만 풍월이 얼마나 뛰어난 고수인
지는 귀에 못이 박히도록 들었다. 무학의 상리를 뒤엎고 검선
과 마도의 무공을 익혔으며, 그것도 부족해 동시에 사용할 수
있다는 말도 들었다. 그래도 완전히 믿지는 못했다.

백번 양보하여 검선과 마도의 무공을 모두 익혔다는 것은
있을 수 있는 일이나 극성이라 할 수 있는 두 무공을 함께 펼
친다는 것은 결코 불가능한 일이라 여겼다.

많은 사람들이 직접 목격했다며 몇 번이나 말을 해주었음
에도 믿을 수가 없었다. 한데 그 불가능한 일이 눈앞에서 펼
쳐지고 있었다. 그것도 들었던 것보다 더욱 완벽하고 위력적

으로.

"다들 보통 고수가 아닙니다."

곁에 있던 정심당주 현혜가 힘겹게 숨을 내쉬며 말했다.

"그렇구나. 특히 저 늙은이와 어린놈의 실력은 실로 대단하다. 싸운다면 제법 괜찮은 상대가 되겠어."

진경이 어떻게든 허점을 파고들려고 노력하는 위지허와 세 사람 중 가장 돋보이는 활약을 펼치는 사마풍운을 가리키며 말했다. 그들의 실력을 인정하면서도 어딘지 모르게 아래로 내려다보는 듯한 느낌이었다.

"그럼에도 질 것 같지가 않습니다."

현혜의 말에 진광은 침묵으로 동의를 표했다.

"어찌하실 생각인지요, 사백?"

현혜가 조심스레 물었다.

전장에 시선을 고정시킨 진경은 한참이나 침묵하다 말했다.

"어부지리를 취한다."

"설마 이대로 지켜만 보실 생각입니까? 풍 궁주는 지금 개천회와 싸우고 있습니다."

현혜가 깜짝 놀라 물었다.

"개천회가 뒤통수를 칠 수 있다는 저들의 주장이 사실로 드러난 것입니다."

"상관없다. 개천회든 패천마궁이든 어차피 무림을 좀먹는 것들이란 사실엔 변함이 없다. 한데 그것들이 서로 치고받으며 싸우고 있다. 이보다 좋은 기회가 어디 있더냐. 이참에 모조리 쓸어버리면 된다."

"하지만……."

"적룡무가의 일을 벌써 잊었느냐? 바로 저놈들에게 네 사부와 사형제, 사질들이 목숨을 잃었다."

진경의 싸늘한 음성에 현혜는 더 이상 입을 열 수가 없었다. 사부의 죽음을 떠올리자 진경의 주장에 대한 반감이 어느새 사그라들었다.

"양패구상을 한다면 그 이상 좋은 것이 없겠지만 어느 쪽이 이기더라도 치명타를 면키는 힘들다. 적당한 순간에 모조리 쓸어버리는 것으로 하자꾸나. 내 신호를 보내마. 종남파의 하후 장로에게도 그리 전하도록 하고."

"알겠… 습니다."

현혜가 조용히 고개를 끄덕이며 물러났다.

낯선 무리들의 이동을 눈치채고 급히 달려온 터라 외부에서 대기하고 있는 인원이 많지는 않았다. 그럼에도 양측을 합친 정도의 숫자는 되었다. 게다가 주축이 무당파와 종남, 청성파의 제자들이다.

'사백의 말씀대로다. 이건 하늘이 주신 기회야.'

애써 불안한 마음을 억누른 현혜가 조심히 전장을 빠져나갔다. 하지만 그는 꿈에도 몰랐다. 그들이 승천원에 도착할 수 있었던 것은 하늘이 아니라 풍월이 준 마지막 기회라는 것을.

제117장

마지막 기회

사마납의 눈에 공포가 어른거렸다.

너무나도 무심한 눈빛, 일체의 감정을 배제하고 다가오는 풍월의 모습은 지옥에서라도 보고 싶지 않은 끔직한 광경이었다.

움직여야 한다고, 풍월의 시야에서 벗어나야 한다고 다짐하며 필사적으로 반격하고 몸을 움직여 봤지만 소용없었다.

묵뢰가 허공을 가르며 번뜩이는 순간, 오류 장의 거리는 이미 사라지고 없었다.

사마납은 온몸의 내력을 끌어모아 두 주먹에 모았다. 그러고는 자신을 향해 짓쳐 오는 묵빛 강기를 향해 내뻗었다.

이번 공격만 무사히 넘길 수 있다면 살 수 있다.

좌측과 우측에서 위지허와 사마천의 칼이 풍월을 노리며 날아오고 있었다. 사마운풍이 자하검법에 막혀 있다지만 두 사람의 합공이라면 최소한 위기에서 벗어날 수는 있다고 여겼다.

사마납의 두 주먹에서 뻗어 나온 벽력이 묵빛 강기와 부딪치며 온 세상을 환히 밝혔다.

자신이 뿜어낸 벽력이 묵빛 강기를 하나씩 소멸시키는 것을 보며 사마납의 얼굴에 안도감이 깃들었다. 전신의 뼈마디가 모조리 으스러지는 듯한 통증이 느껴졌지만 버텨냈다는 것이 중요했다.

바로 그때, 무표정했던 풍월의 입가에 비릿한 미소가 걸렸다. 사마납이 그 웃음을 확인했을 때 바람처럼 내달린 풍월이 그대로 몸을 부딪쳐 왔다.

사마납의 눈빛이 미친 듯이 흔들렸다.

말로 표현할 수 없는 거대한 기운.

사마납은 전신을 뒤흔드는 두려움과 공포에 전율하면서도 본능적으로 주먹을 내질렀다.

사마납의 주먹이 풍월의 몸을 정확히 후려쳤다.

풍월은 천근거석도 가루로 만들어 버리고 태산마저 단숨에 무너뜨릴 수 있다는 벽력신권에 거침없이 몸을 맡겼다.

꽝! 꽝! 꽝!

풍월의 몸을 두드리는 둔탁한 충돌음과 벽력성.

한데 정작 비명은 풍월이 아니라 공격을 퍼부은 사마납의 입에서 터져 나왔다.

"끄아아악!"

비명과 함께 풍월의 어깨에 가슴을 받힌 사마납의 신형이 붕 떠올랐다.

칠공에서 터져 나온 피가 허공을 적시고 축 늘어진 두 팔의 뼈는 모조리 조각이 나버렸다. 내부에 침투한 천마탄강의 기운에 기경팔맥은 가닥가닥 끊어지고 오장육부마저 모조리 짓뭉개져 버렸다.

풍월이 위지허를 향해 묵뢰를 내던졌다.

가공할 파공성과 함께 빛살처럼 날아간 묵뢰가 그를 향해 날아오는 칼을 견제할 때, 허공으로 치솟은 사마납의 몸뚱이를 낚아챈 풍월이 사마천을 향해 이미 절명한 사마납의 몸을 던졌다.

차마 사마납의 몸을 벨 수 없었던 사마천이 순간적으로 움찔하는 사이, 위지허를 견제하고 돌아온 묵뢰를 부드럽게 감아쥔 풍월이 사마납을 향해 묵뢰를 뻗었다.

천마무적도 제삼초 천마섬.

섬전처럼 사마납의 가슴을 관통한 묵강이 사마천의 가슴을 노렸다. 기겁한 사마천이 다급히 몸을 틀었지만 왼쪽 어깨가 떨어져 나가는 치명상을 입고 말았다.

힘없이 떨어지는 사마납의 몸을 디딤돌 삼아 뛰어오른 풍월이 묵뢰를 수직으로 내리그었다.

묵뢰를 막기 위해 두 자루의 칼이 위로 솟구쳐 올랐지만 묵뢰의 힘을 감당할 수는 없었다.

"커헉!"

외마디 비명.

그것이 머리부터 발끝까지 양단된 사마천이 남긴 마지막 말이었다.

사마천이 절명하자 마지막까지 그의 몸을 에워싸고 있던 네 자루의 칼이 힘없이 떨어져 내렸다.

네 자루의 칼이 땅에 떨어지기 직전, 자하검법으로 사마풍운을 막던 풍월이 몸을 빙글 돌리며 묵뢰를 휘둘렀다.

수세에서 공세로의 전환.

천마의 무공으로 역공을 펼치는 것과 동시에 묵운을 부드럽게 회전시키며 네 자루의 칼을 좌측으로 날려 보냈다.

위지허가 던진 여섯 자루의 칼이 풍월을 향해 일직선으로 날아들고 있었다.

육뢰일점사(六雷一點射).

육도마존이 사용한 가장 강력한 초식이자 삼 년 전, 위지허가 천마동부에서 풍월에게 패배를 안겼던 초식이다.

선두에 선 칼과 칼이 서로 부딪치며 상잔했다.

두 번째, 세 번째, 네 번째의 칼이 같은 양상으로 허공에서 부딪치며 상잔했으나 자하신공의 내력이 뒷받침을 하고 있음에도 다소 힘에 부쳤는지 풍월이 날린 칼이 산산조각 난 것에 반해 위지허가 던진 칼은 세 번째부터 온전한 형체를 유지한 채 튕겨져 나갔다.

상황을 봐서는 분명 풍월의 약세다. 그런데 공방을 펼치는 두 사람의 표정은 정반대였다.

여전히 무표정한 표정을 짓고 있는 풍월과는 달리 위지허의 코와 입에선 어느새 검붉은 피가 흘러나왔다. 안색 또한 창백한 것이 금방이라도 쓰러질 것 같은 모습을 하고 있었다.

마침내 다섯 번째의 칼이 아무런 제지도 받지 않고 풍월을 향해 짓쳐 들 때 칼과 풍월 사이엔 이미 매화가 만발하고 있었다.

이십사수매화검법의 정수라고 할 수 있는 매화만천.

허공을 수놓은 매화가 풍월을 중심으로 부드럽게 회전하며 매섭게 달려드는 칼의 움직임을 제어했다.

쩡!

차가운 금속성과 함께 칼날이 부러져 나갔다. 동시에 입에서 또 한 번의 피를 토해낸 위지허의 신형이 크게 흔들렸다.

매화는 마지막 남은 칼에도 영향을 끼쳤다.

여섯 자루의 칼이 꼬리를 물고 오직 한 점을 향해 달려드는 육뢰일점사의 특징상, 마지막 칼에 가장 강력한 힘이 깃들어 있음에도 매화의 움직임에 휘말린 칼은 처음의 의도를 잃고 어느새 매화가 이끄는 방향으로 움직이기 시작했다.

풍월은 매화에 이끌린 칼이 귀밑을 스쳐 지나가는 것을 느끼며 빙글 몸을 돌렸다.

빛살처럼 날아간 칼이 묵뢰의 공격에 연신 뒷걸음질 치던 사마풍운의 심장을 노리며 날아갔다.

칼에 담긴 힘은 풍월이 아니라 온전히 위지허의 것. 게다가 전력을 다한 공격이다. 느닷없이 들이친 사마풍운의 얼굴에 보이는 다급함이 칼에 담긴 힘을 짐작케 했다.

묵뢰의 공격을 감당하기에도 버거운 상태라 여긴 풍월은 사마풍운이 칼을 막지 못할 것이라 여겼다. 칼을 향해 왼쪽 주먹을 내지를 때는 모든 것을 포기한 것이 아닐까 생각할 정도였다. 하지만 그토록 엄청난 힘을 품고 있던 칼이 주먹질에 막히는 것을 보곤 깜짝 놀라지 않을 수 없었다.

풍월은 사마풍운의 주먹에 어린 희미한 빛을 놓치지 않았다.

'권강이다.'

사마납이 사용하던 벽력신권과는 분명 차이가 있었다. 그러나 위력은 벽력신권에 못지않았다. 문득 뇌리를 스치고 지나가는 것이 있었다.

'권왕의 무공이구나.'

권왕 조무가 개천회의 의도대로 움직였음을 기억한 풍월은 사마풍운이 검존의 무공에 권왕의 무공까지 익혔음을 직감했다.

한 시대를 풍미한 무림오존. 그만큼 그들의 무공은 익히기가 까다롭고 힘들다. 한데 사마풍운은 무려 두 가지의 무공을 익혀냈으니 희대의 천재라는 구양봉의 말대로 대단한 재능이 아닐 수 없었다.

다만 십이성 대성에 이른 제왕검법에 비해 권왕의 무공은 아직 완벽하지 않은 것 같았다. 비록 목숨을 구하는 데 성공은 했으나 위지허가 던진, 위지허의 내력이 고스란히 담긴 마지막 칼은 그의 왼쪽 가슴 어귀를 훑고 지나가며 상당한 부상을 안겼다.

살이 갈라져 뼈가 훤히 보였고 피가 솟구쳤다.

사마풍운의 입에서 고통스러운 신음이 흘러나왔다. 그럼에도 부상을 돌볼 여유가 없었다. 아예 끝장을 보겠다는 듯 묵뢰를 앞세운 풍월의 공세가 더욱 강해졌기 때문이다.

사마풍운의 시선이 풍월의 어깨 너머로 향했다.

육뢰일점사에 모든 여력을 쏟아 부은 위지허는 공격의 실패와 더불어 천마탄강의 반탄력에 의해 심각한 내상을 당한 채 여전히 공간을 지배하고 있는 매화에 시달리고 있었다.

"기가… 막히는구나."

사마풍운은 극도의 허탈감을 느끼고 있었다.

좌수에선 화산파의 무공이, 우수에선 천마의 절기가 쏟아져 나왔다. 일각 여가 넘는 시간 동안 치열하게 싸웠고, 풍월을 공격했던 이들 중 사실상 자신만 남았으면서도 여전히 믿기지가 않는 상황이다.

'폐관수련을 모두 마치고 나왔으면 이길 수 있었을까?'

이내 고개를 저었다. 검존이 남긴 제왕검법은 대성을 이뤘다. 다만 권왕의 무공이 부족할 뿐이었다. 검존의 무공으로 풍월에게 생채기 하나도 제대로 남기지 못했다는 것을 감안하면, 설사 권왕의 무공을 대성한다고 하더라도 이길 가능성은 없어 보였다.

사마풍운은 목구멍을 타고 넘어오는 울혈을 억지로 삼켰다. 비릿한 향에 토악질이 날 뻔했으나 억지로 참아내며 몸에 남은 한 줌의 내력까지 쥐어짜 검을 휘둘렀다.

후우우우웅!

사위를 휘감는 검명이 마치 용의 울음 같았다.

위지허를 괴롭히던 매화가 어느새 사마풍운을 향해 달려들었다.

검에서 발출된 한 줄기 빛이 단숨에 매화를 뚫어냈다. 그러고는 천마무적도의 절초와 거칠게 충돌했다.

꽈꽈꽈꽈꽝!

거대한 충돌음과 함께 두 사람을 중심으로 엄청난 폭풍이 몰아치며 십여 장 이내의 모든 것을 집어삼켰다.

폭풍에 휘말린 모든 것이 한 줌의 모래가 되어 사라졌다.

사마풍운의 입가에 참담한 미소가 걸렸다.

제왕검법 마지막 초식, 제왕명천(帝王鳴天)이 힘없이 사라졌다.

손에 들렸던 검, 조부가 천하를 뒤져 구해준 명검 또한 흔적도 없이 사라졌다.

그 어떤 변명도 필요 없는 완벽한 패배.

하나, 왠지 억울했다.

거리를 좁혀오는 풍월의 모습을 지그시 바라보는 사마풍운의 눈빛이 붉게 충혈됐다.

권왕이 남긴 최후의 한수가 떠올랐다.

인체의 잠력을 모조리 격발시켜 일격에 상대를 격살하는 잠능살(潛能殺).

인체의 잠력을 강제로 격발시키는 만큼 그 후유증 또한 커서 죽음을 각오하지 않고는 결코 사용할 수 없는 수법이다.

하나, 어차피 죽음밖에 남지 않은 지금 상황에서 선택할 수 있는 최고의 방법이라 할 수 있었다.

잠능살을 일으키자 온몸을 옥죄던 고통이 일시에 사라졌다.

움직일 때마다 솟구치던 피도 어느새 멈췄다.

개안(開眼)이라도 한 듯 세상의 모든 것이 한눈에 들어오고 주체하기 힘든 힘이 전신에 들끓었다.

그 힘을 주먹에 실었다.

피 묻은 주먹에 형성된 눈부신 강기가 풍월을 향해 날아들었다.

사마풍운의 공격이 예사롭지 않다는 것을 느꼈으면서도 풍월은 걸음을 멈추지 않았다. 오히려 더욱 힘차게 걸음을 내디뎠다. 그의 전신에서 뿜어져 나온 기운이 투명한 막을 형성했다.

꽝!

권강이 풍월의 몸을 후려쳤다.

천마탄강이 보호를 했음에도 풍월의 몸이 휘청거렸다.

꽝! 꽝! 꽝!

연이어 적중하는 권강에 풍월의 몸이 위태롭게 비틀거렸다.

풍월은 단 한 걸음도 물러서지 않았다. 오히려 사마풍운과의 거리를 급격히 좁혔다.

쾅!

마침내 마지막 일격이 터졌다.

"컥!"

외마디 비명과 함께 나가떨어진 사람은 풍월이 아니라 잠력까지 끌어내 싸운 사마풍운이었다.

실 끊어진 연처럼 날아간 사마풍운은 온몸이 짓뭉개진 처참한 모습으로 땅바닥에 처박혔다.

천마탄강만으로 사마풍운의 공격을 막아내고, 심지어 숨통까지 끊어버린 풍월은 언제 비틀거렸냐는 듯 몸을 꼿꼿이 세우고 만족한 미소를 짓고 있었다.

팔성에 머물고 있던, 천마 조사의 무공 중 가장 강력한 위력을 지녔다고 자평하는 천마탄강의 성취가 마침내 구성에 이르렀기 때문이다.

"그, 그… 것이 천… 마의 무… 공… 지, 진정… 한 괴… 물이 되었… 구나."

희미하게 들려오는 음성에 승리보다는 성취감을 만끽하던 풍월이 힘겨운 숨을 이어가는 위지허를 향해 고개를 돌렸다.

"무림… 사에 커… 다란 족… 적을 남길 인물과 겨… 뤘다는 것 또한 무인… 으로선 영광스러… 운 일……."

위지허의 눈빛이 급격하게 흐려졌다.

"홀… 로 남겨… 질 친… 우가 걱정……."

위지허는 마지막 말을 마치지 못하고 조용히 눈을 감았다.

조금은 착잡한 눈빛으로 위지허를 바라보던 풍월이 전장으로 시선을 돌렸다.

싸움은 여전히 치열하게 펼쳐지고 있지만 대세는 이미 기운 상태였다. 개천단에 수적으로 밀리고는 있으나 개개인의 실력으로 이를 훌륭하게 극복해 낸 천마단과 미쳐 날뛰는 형웅을 막을 방법이 없었기 때문이다.

세 명의 장로와 사마풍운이 쓰러지며 사실상 끝난 싸움이었으나 풍월은 머뭇거리지 않고 곧바로 싸움에 끼어들었다.

궁지에 몰린 쥐가 고양이를 물듯 악에 받친 개천단의 역공에 자칫 피해가 늘 수 있기 때문이었다. 피해는 지금까지만으로도 충분했다.

풍월의 개입으로 싸움은 금방 정리가 되었다.

위지허를 비롯한 수뇌들을 모조리 잃었음에도 개천단은 최후의 발악을 하며 끝까지 저항을 했고 단 한 명도 항복을 하지 않았다.

개천단이 전멸을 하기 직전, 물선과 천마대원 일부가 피투성이가 된 몰골로 도착했다. 적귀단을 전멸시키면서 그를 비롯한 수하들 역시 적지 않은 부상을 당했지만 다행히 큰 부상은 아닌 것 같았다.

"밀은단원 셋에 천마대가 열다섯이라."

최종 보고를 받은 풍월은 입맛이 썼다. 몇 배가 되는 인원과 싸웠음에도 누가 보더라도 압도적인 승리였다. 하지만 그래도 피해가 너무 컸다.

애당초 숫자가 적은 밀은단은 그렇다 쳐도 천마대 역시 거의 삼분지 일에 가까운 인원이 목숨을 잃었다. 그나마도 형응의 활약이 아니었다면 피해는 훨씬 더 커졌을 것이다.

풍월이 살아남은 천마대원들을 향해 고개를 돌렸다.

삼십 남짓한 인원 중에서도 대주 물선을 필두로 멀쩡한 사람이 거의 없었다.

"제대로 얕보이겠네."

풍월이 조용히 중얼거렸다. 하나, 그의 말뜻을 알아듣는 사람은 아무도 없었다. 오직 형응만이 차가운 눈빛으로 어둠을 응시할 뿐이었다.

"형님."

형응이 조용히 풍월을 불렀다.

"알아."

짧은 대답과 함께 깊게 숨을 들이킨 풍월이 좌측의 무너진 전각을 향해 고개를 돌리며 외쳤다.

"더 이상 볼 것도 없는데 이쯤해서 모습을 드러냅시다."

그의 말이 끝나기가 무섭게 주변을 쩌렁쩌렁 울리는 도호와 함께 진경이 천천히 모습을 드러냈다.

"누구십니까?"

진경의 도복이 무당파의 것임을 확인한 풍월이 나름 공손히 물었다.

"진경이라 한다."

진경의 음성은 차가웠다.

"그리고 네놈들의 패악질을 멈추게 할 사람이기도 하지."

그때, 정문 쪽에서 일단의 무인들이 모습을 드러냈다.

진경의 신호만을 기다리며 숨죽이고 있던 무당파와 종남파, 그리고 청성파 제자들을 주축으로 한 서북무림의 무인들이었다.

우르르 몰려온 그들이 풍월과 천마대를 에워쌌다.

난데없는 적의 등장에도 천마대는 두려움을 품는 대신 무한한 투기를 일으켰다.

"패악질이라……."

한숨을 내쉬는 풍월의 입가에 씁쓸한 미소가 흘렀다.

"개천회와의 싸움이었소. 그것을 알면서도 그저 지켜만 봤다는 것은 결국 어부지리를 노리겠다는 뜻. 맞소?"

풍월이 진경을 바라보며 물었다.

착 가라앉은 풍월의 눈빛에서 뭔지 모를 섬뜩함을 느꼈지만 진경은 서슴없이 대답했다.

"맞다."

"개천회의 싸움이 아직도 끝나지 않았소. 한데……."

말을 끊은 진경이 검을 들어 풍월을 가리켰다.

"천마의 무공은 물론이고 흡성대법까지 익힌 무림공적. 게다가 그동안 패천마궁이 보여준 악행들을 감안하면 개천회나 패천마궁이나 다를 게 무엇이란 말이냐?"

"그걸 지금……."

자신도 모르게 목소리를 높이려던 풍월이 힘없이 고개를 저었다.

"아니, 이제 와서 무슨 말을 해도 헛소리에 불과할 뿐이겠지. 하지만 명심하시오. 난 분명 기회를 줬소."

"기회? 무슨 헛소리냐?"

종남파를 이끌고 온 하후광이 살기를 뿌리며 소리쳤다. 얼마 전 풍월에게 목숨을 잃은 종남파의 장로 하후쟁이 그의 형이다. 복수심에 눈이 뒤집힌 하후광은 당장에라도 공격을 할 듯 보였다.

"당신들이 이곳에 왔다는 것 자체. 그 자체가 기회였소."

"설마, 네놈이 우리를 이곳으로 유인했다는 것이냐?"

진경이 미간을 찌푸리며 물었다.

"아니면 당신들이 우리의 흔적이라도 찾을 수 있을 것 같소?"

"어째서?"

"답은 이미 한 것 같소만."

풍월의 전신에서 거센 기운이 뿜어져 나오기 시작했다.

"개천회. 만약 당신들이 우리를 도와 개천회를 공격했다면, 아니, 설사 방관을 했다고 하더라도 이렇듯 노골적으로 노리지만 않았다면, 어쩌면 실타래처럼 얽힌 상황은 쉽게 풀렸을 거요. 미친 짓을 하는 당가만 정리하면 끝나는 것이니까. 하지만 당신들은 그 마지막 기회를 시궁창에 처박았소. 지금부터는 그 대가를 치러야 할 시간이오."

"훙! 그 말은 내가 하고 싶은 말이다. 기회라고 했느냐? 그저 고마울 뿐이다. 묏자리를 알아서 파다니 말이다."

하후광이 서슬 퍼런 검을 곧추 세우며 소리쳤다.

"비루먹은 강아지 꼴을 하는 놈들을 베는 것이 흥이 날지는 모르겠지만 네놈들의 목을 쳐 비명에 간 제자들의 혼을 달랠 것이다."

서북무림의 무인들은 하후광의 선언에 일제히 호응했다. 그들의 함성이 승천원을 뒤흔들었다.

함성은 끝없이 이어졌다. 한데 함성은 승천원 내부에서뿐만 아니라 외부에서도 들려오고 있었다.

서북무림의 무인들이 뭔가 이상함을 느끼고 동요하기 시작할 때 외부에서 들려오던 함성도 끝이 났다.

숨 막히는 침묵을 뚫고 한 사내가 성큼성큼 걸어왔다.

모두의 시선이 그 사내에게 쏠리고 어둠에 가려졌던 얼굴
이 달빛에 드러났다.

"흐흐흐! 설마 늦은 건 아니지?"

풍월과 천마대를 보며 손을 흔드는 사내, 황천룡이 누런 이
를 드러내며 환히 웃었다.

"아니요, 정확히 시간을 맞췄습니다."

풍월의 말에 황천룡이 윗옷을 잡고 흔들어댔다.

"혹여나 늦는 것은 아닌가 죽어라 달려왔다. 굳이 이런 무
리수를 둘 필요는 없었잖아."

"확인을 해야 했으니까요."

"쯧쯧, 순진한 건지, 멍청한 건지. 결과가 뻔한 걸 가지고 확
인은 무슨."

황천룡의 힐난에 풍월이 쓴웃음을 지었다.

"그러게요. 쓸데없는 짓을 했네요. 그래도 나름 효과는 있
네요. 한 곳에 모여 있는 것보다 이렇게 적당히 분산시켜 박
살 낼 수도 있고."

풍월의 차가운 시선이 진경에게 향했다. 움찔한 진경과는
달리 하후광은 더 이상 참지 않았다.

검의 움직임을 따라 다섯 가닥으로 나뉜 검광이 풍월을 향
해 날아들었다.

풍월의 시선이 하후광을 쫓았다. 하지만 별다른 대응을 하

지 않았다. 그저 묵운을 몸 쪽으로 세우며 차가운 눈빛으로 그를 지켜볼 뿐이었다.

풍월의 반응에 의문을 품으면서도 하후광은 전력을 다해 공격을 이어갔다.

"위, 위험······."

황천룡이 깜짝 놀라 소리칠 때 하후광이 발출한 검광이 풍월의 전신에 작렬했다.

퍽! 퍽!

둔탁한 충돌음과 함께 풍월의 어깨가 살짝 흔들렸다. 한데 그뿐이었다.

풍월의 전신을 보호하고 있는 천마탄강.

사마풍운과의 대결에서 구성에 오른 천마탄강은 이전과는 확연히 다른 위력을 보여주었다. 방어막은 가히 금성철벽과 같았고 반탄강기의 역공은 치명적이었다.

"크으윽! 이, 이런 말도 안 되는!"

기습적으로 공격을 한 하후광은 믿을 수 없다는 표정으로 연신 뒷걸음질 쳤다.

손에 들린 검은 이미 반토막이 났고 손아귀는 찢어져 피가 줄줄 흘러내렸다. 무엇보다 치명적인 것은 검을 통해 몸 안으로 침투한 내력. 자신의 것과는 태생적으로 다른 힘이 기경팔맥을 휘젓고 다닐 때의 고통은 상상도 할 수 없는 것이었다.

하후광이 움직이는 것과 동시에 풍월을 포위하고 공격을 준비하던 진경과 청성파의 벽운자는 입에서 피를 토해내며 비틀거리는 하후광을 보며 경악을 금치 못했다.

지금껏 수많은 무공을 경험해 봤지만 이토록 무시무시한 호신강기를 본 적이 없었다.

'검기를 막아내는 호신강기라니 대체……'

생각은 이어지지 못했다.

예리한 파공성과 함께 부러진 검날이 진경을 향해 날아들었다. 방금 전, 풍월이 하후광의 검에서 취한 것이었다.

거리는 대략 십여 장.

찰나간에 거리를 좁히며 짓쳐 드는 검날에 진경도 기민하게 반응했다. 애검 창영을 부드럽게 회전시키며 검날의 힘을 감소시킨 뒤 슬쩍 방향을 틀게 만들었다.

방향을 튼 검날이 치명적인 부상을 당한 채 비틀거리는 하후광에게 향했다.

"안 돼!"

진경이 다급히 외쳤으나 검날은 하후광의 심장에 깊숙이 박혔다.

"컥!"

외마디 비명과 함께 하후광의 신형이 그대로 뒤로 넘어갔다.

"네, 네놈이 감히!"

대노한 진경이 풍월을 향해 연속적으로 검을 휘둘렀다.

쾅! 쾅! 쾅!

지축을 뒤흔드는 충돌음이 연속적으로 터져 나왔다.

오색찬란한 강기가 폭풍처럼 일어나며 모든 공간을 뒤덮기 시작할 때 청성파의 벽운자 역시 이에 호응하며 검을 뿌렸다.

풍월과 진경의 싸움이 시작되는 것과 동시에 정심당주 현혜의 외침이 터져 나왔다.

"쳐랏!"

무당파의 제자들을 필두로 종남, 청성파가 주축이 된 서북무림의 무인들이 앞선 싸움으로 지칠 대로 지친 천마대와 밀은단을 공격하기 시작했다.

그것을 그냥 두고 볼 황천룡이 아니다.

"모조리 쓸어버려라."

황천룡의 명이 떨어지자 녹림의 제자들이 일제히 함성을 내지르며 달려들기 시작했다. 개개인의 실력이야 서북무림의 정예들에 비할 바는 아니나 거의 이백에 이르는 숫자는 충분히 위협적이었다.

안쪽에선 천마대와 밀은단이, 바깥에선 녹림이 호응하기 시작하자 오히려 포위된 것은 서북무림의 무인들이었다. 더구나 서북무림의 진영에서 형응을 막을 만한 고수가 없었다.

살황마존의 무공이 암살에 극대화된 것이기는 해도 애당초 수준이 달랐다.

형웅의 검이 번뜩일 때마다 그의 주변 이 장 안에 들어와 있는 자들이 모조리 목을 부여잡고 쓰러졌다. 보다 못한 현혜가 달려들었지만 십여 초를 견디지 못하고 그 역시 목을 부여잡은 채 쓰러지고 말았다.

현혜를 쓰러뜨린 형웅은 각 문파의 주요 수뇌들을 노리기 시작했다. 그리고 단 한 명도 그의 검을 피해내지 못했다. 수뇌부가 순식간에 무너지자 서북무림의 진영이 급격히 흔들렸다.

미친 듯이 날뛰는 황천룡의 활약도 대단했다. 가히 최절정의 고수라 칭해도 부족함이 없는 황천룡의 검은 녹림의 자존심을 톡톡히 세웠다.

"하아! 하아!"

벽력자가 거친 숨을 내뱉으며 검을 고쳐 잡고는 천으로 손잡이와 손을 재빨리 묶었다. 찢어진 손아귀, 부러진 손가락에 힘이 잘 들어가지 않았기 때문이다.

그와 마주한 진경은 피에 젖고 갈가리 찢겨 나간 도복을 거칠게 벗어 던졌다. 칠십이 훌쩍 넘은 노구의 몸이라고는 도저히 여겨지지 않을 정도로 탄탄한 상체였으나 오른쪽 가슴 어귀와 좌우 옆구리의 상처에서 연신 피가 흘러내리고 있었다.

벽력자와 진경 말고도 풍월을 포위하고 있는 사람은 세 사람이 더 있었다. 다들 한 문파의 수장들이거나 그에 준하는 신분이었으나 몰골이 말이 아니었다. 특히 여의문 문주 이관은 칼을 쥐고 서 있는 것이 용하다 싶을 정도로 심각한 부상을 당한 상태였다.

그들이 두려움과 공포, 분노, 경악 등 온갖 감정이 점철된 눈으로 풍월을 바라보고 있을 때, 잠시 숨을 고른 풍월이 싸움을 끝내기 위해 움직이기 시작했다.

진경이 풍월을 막기 위해 검을 휘둘렀다.

무당파의 모든 것이라 할 수 있는 태극혜검의 절초였다.

무당파 최고의 절기에 맞서 풍월이 꺼내든 것은 당연히 화산파의 자하검법이었다.

진경의 눈썹이 꿈틀거렸다.

지금껏 풍월은 단 한 번도 자신에게 천마의 무공을 사용하지 않았다. 노골적으로 화산파의 검법만을 사용했다. 마치 화산의 검법이 무당보다 위에 있다는 것을 보여주기라도 하듯. 결단코 용납할 수 없는 일이었다.

무당의 검이 무엇인지 제대로 보여주겠다는 듯 진경의 검에서 태극혜검을 비롯하여 무당파의 명성을 빛낸 절학들이 끊임없이 펼쳐졌다.

풍월 역시 그때마다 화산파의 검법으로 맞섰다.

자하검법을 필두로 낙영팔검, 이십사수매화검법의 절초들이 화려하게 빛났다.

그야말로 용호상박(龍虎相搏).

치열한 접전은 꽤나 오랫동안 이어졌다.

꽈꽈꽈꽝!

거대한 충돌음, 그들을 중심으로 거대한 공동(空洞)이 생겨났다가 이내 엄청난 충격파가 주변을 휩쓸기 시작했다. 땅거죽이 뒤집히고 흙먼지가 하늘로 치솟았다.

뒤로 쭉 밀려난 진경이 피가 섞인 침을 뱉어냈다. 침을 뱉을 때마다 잘게 잘린 내장 조각이 함께 배출되었다.

진경이 자꾸만 무너져 내리는 신형을 바로 세우며 입을 열었다.

"노… 도는 졌… 지만 무당… 은 지지 않… 았다."

진경은 자신의 패배는 인정했으나 무당파의 검법이 화산파의 검법에 밀렸다는 생각은 추호도 하지 않았다.

지금 당장만 해도 치명상을 안긴 것은 자하검법이 맞지만 그 전에 뭐라 말로 표현하기 힘들 정도로 무시무시한 호신강기로 인해 태극혜검의 절초가 그 위력을 제대로 발휘하지를 못했다. 자신의 오장육부를 갈가리 찢어버린 것도 바로 그 호신강기였다.

"아마… 도 천… 마의 무공……"

진경은 대답을 듣지 못한 채 힘없이 고개를 떨구고 말았다.

진경의 숨이 끊어지는 것과 동시에 벽력자의 신형 또한 끊어진 연처럼 날아가 처박혔다. 조경수에 부딪친 뒤 추락한 그의 심장에는 커다란 구멍이 뚫려 있었다.

진경에 이어 벽력자마저 숨이 끊어지자 더 이상의 싸움은 무의미한 것이었다. 전의를 상실한 이들이 그대로 몸을 돌려 도망을 치기 시작했다. 어찌나 다급한지 궁지에 몰려 있는 제자들에게 도망치라는 말도 하지 못한 채였다.

풍월은 그들을 살려 보낼 생각이 없었다. 도주하는 자들을 향해 벽력자의 피가 뚝뚝 떨어지는 묵뢰를 던졌다.

빛살처럼 날아간 묵뢰가 그들의 심장을 관통하고 우아한 호선을 그리며 날아왔다.

묵뢰를 낚아챈 풍월이 힘차게 발을 내딛으며 외쳤다.

"멈춰랏!"

가공할 내력이 담긴 외침에 그토록 치열했던 싸움이 일시에 멈췄다.

"투항하면 목숨은 살려준다. 하지만 끝까지 대항을 한다면……."

풍월의 무시무시한 기운이 전장을 휘감았다.

"반드시 죽는다."

잠깐의 침묵이 이어지고 누군가 병장기를 던졌다. 그것이 시작이었다. 불리한 상황에서도 저항을 멈추지 않던 서북무림 무인들이 하나둘 투항을 시작했다.

인원은 많지 않았다. 대략 이십여 명, 풍월을 쫓아 기세 좋게 달려왔던 인원 중 생존자는 고작 오분의 일뿐이었다.

"연락이 왔을 때 깜짝 놀랐습니다. 덕분에 서북무림의 병력을 유인할 수는 있었지만 대체 어찌 된 일입니까?"

풍월이 빈 잔에 술을 따르며 물었다.

"어찌 되긴, 녹림의 문제가 정리되자마자 달려온 거지."

제법 치열했던 싸움에 목이 탔던지 황천룡이 단숨에 잔을 비웠다.

"생각보다 빨리 끝났네요. 개천회의 지원을 받는 자들의 반발이 만만치 않았을 텐데요."

"포후 놈을 족칠 때 핵심적인 놈들은 다 모여 있었으니까. 머리가 날아간 이상 수족들이야 신경 쓸 것도 없지."

"잘됐네요."

"그런데 상황이 이 지경이면서 어째서 도움 요청을 하지 않은 건데? 산적들은 별 도움이 안 된다고 판단한 거야?"

황천룡의 불만 어린 물음에 풍월이 너털웃음을 흘렸다.

"설마요. 지푸라기라도 잡아야 하는데요."

"그런데 어째서?"

"말했잖아요. 개천회의 잔당들을 걱정했다고. 애써 되찾은 녹림인데 잘못했다간 다시 놈들에게 빼앗길 수 있으니까요."

"흥! 말이나 못 하면."

"아무튼 덕분에 위기를 넘겼습니다."

"서북무림의 늙은이들 쓸어버리는 것을 보니까 우리가 없어도 상관은 없을 것 같던데."

황천룡은 그야말로 압도적인 무위로 진경 등을 쓸어버리는 풍월의 무위를 떠올리며 녹림의 병력이 정말 도움이 된 것인지 의심스러웠다.

"아니요. 개천회 놈들의 실력이 만만치가 않아서 천마대가 제법 당했습니다. 많이 다치기도 했고요. 녹림의 도움이 아니었으면 또다시 피해를 당했을 겁니다. 제때에 도착을 해서 피해를 최소한으로 줄일 수 있었습니다."

"그래? 그럼 다행이고."

황천룡이 히죽거리며 술잔을 들었다.

"그런데 누님은 산채에 남은 겁니까?"

형웅이 물었다.

"아니, 산채는 비었어."

"산채가 비다니요?"

형웅이 이해가 되지 않는다는 얼굴로 물었다.

가만히 술잔을 비운 황천룡이 장난스러운 표정을 지으며 입을 열었다.

"우리가 패천마궁을 돕기 위해 산채를 떠나려고 할 때 제갈세가로부터 한 통의 서찰이 도착했다."

"제갈세가요?"

풍월과 형응이 동시에 물었다.

"정확히는 정의맹에 머물고 있던 제갈건의 이름으로 온 거지."

"무슨 내용이었습니까?"

풍월이 참지 못하고 물었다.

"정의맹을 비롯한 강남무림의 병력이 패천마궁을 치기 위해 움직일 것 같다고 단언하며 그들을 막기 위해 힘을 빌려달라는 말이었지."

"녹림이요? 단순히 숫자가 많기는 해도 어림도 없을 텐데요. 그래서, 누님이 그들을 막으러 갔다는 겁니까?"

형응의 반문에 황천룡이 눈을 부라렸다.

"우리 힘으론 불가능하다는 건 나도 아니까 그렇게 떠들 건 없고."

"그러니까 어떻게 막는다는 건데요."

형응이 답답하다는 듯 목소리를 높일 때 풍월이 그를 제지하며 입을 열었다.

"힘을 빌려달라는 건 녹림이 아니라 제갈세가가 주체가 되겠다는 말이군요."

"정확해. 제갈세가에서 강남무림을 막기 위해 움직였다. 세가 전체가 움직인 모양이야."

"하지만 어떻게요? 제갈세가는 머리를 쓰는 자들이지, 무력에서야……."

형응이 한숨을 내쉬며 고개를 저었다. 무모한 일에 유연청이 엮였다고 믿는 것이었다.

"강남무림에서 출발한 지원군이 이곳에 도착하려면 반드시 설봉산(雪峰山)과 묘인산(猫人山) 둘 중에 하나를 통과해야 하지. 우회해서 돌아가는 방법도 있지만 그러면 시간이 훨씬 많이 걸리니까. 제갈세가는 설봉산과 묘인산에서 그들의 발걸음을 묶을 생각이야."

"설마 진법?"

풍월이 눈을 동그랗게 떴다.

"맞아. 그리고 부족한 부분은 우리를 이용해 메꿀 생각이고. 아무리 무시를 당하는 산적들이라도 진법을 보완하는 정도의 역할이라면 충분히 해낼 수 있을 테니까."

"그래도 완전히 막을 수는 없을 텐데요. 제갈세가는 저들의 목숨을 위협할 수 있는 진을 설치하지는 못할 겁니다."

"맞아. 제갈세가의 계산으로는 대략 오 일 정도는 시간을 지체시킬 수 있다고 했어."

"흠, 오 일이라면 설봉산에서 이곳까지의 거리를 생각했을 때 대충 열흘 정도의 시간은 생겼다는 말이네요."

"그게 한계라고 했다. 제갈세가에선 그 안에 당가의 문제를 해결해야 한다고 했다. 그렇지 못하면……."

풍월이 황천룡의 말을 끊으며 씨익 웃었다.

"충분합니다. 그 정도면."

＊　　　　＊　　　　＊

"제갈세가가?"

사마용이 어이가 없다는 얼굴로 물었다.

"예, 그로 인해 당가를 지원하기 위해 움직였던 강남무림 무인들의 발걸음이 지체되고 있다고 합니다."

"대단하다고 해야 하는 것이냐, 아니면 무모하다 해야 하는 것이냐?"

사마용이 허탈한 표정을 지으며 물었다.

"어쨌든 대단하기는 합니다. 고작 도적질이나 일삼는 산적들을 데리고 그 많은 이들의 움직임을 묶다니요. 게다가 그들 입장에서 녹림과 손을 잡는 것에 대한 부담이 상당했을 텐데요."

장로 사마풍은 제갈세가가 녹림도를 데리고 강남무림의 무인들을 성공적으로 막고 있다는 것에 놀라움을 감추지 못했다.

"산적들보다는 제갈세가가 길목마다 설치한 진법이 대단한 것입니다. 시간적 여유가 많지 않았음에도 그렇게 많은, 그리고 까다로운 진법을 설치할 수 있는 곳은 천하의 오직 제갈세가뿐일 테니까요."

사마조의 말에 다들 공감을 표했다.

"해서 얼마나 지체될 것 같다고 하더냐?"

사마용이 물었다.

"수많은 진법과 녹림의 방해로 인해 아무리 빨리 뚫어도 사오 일은 걸릴 것 같다고 합니다."

"우회하는 방법은?"

"우회를 한다고 해도 워낙 먼 거리를 돌아야 해서 크게 이득은 없습니다. 아마도 뚫고 나가는 선택을 할 것입니다."

"제갈세가야 그렇다 처도 녹림 따위가 이런 변수를 만들 줄은 몰랐구나. 장강수로맹 놈들은 대체 뭘 하고 있었다는 말이냐?"

"녹림의 총단을 급습했을 때는 이미 텅 비어 있었다고 합니다. 장강수로맹의 공격을 눈치챘다기보다는 제갈세가와 사전에 교감이 있었던 것 같습니다."

"쯧쯧, 한심한 놈들. 뭉그적거릴 때부터 알아봤다."

노기를 감추지 않은 사마용이 조금은 날카로워진 음성으로 말을 이었다.

"우리가 서두른다면, 며칠 정도면 도착할 것 같으냐?"

흠칫 놀란 사마조가 이내 표정을 바꾸며 말했다.

"닷새 정도면 도착할 것 같습니다. 하지만 할아버님."

"됐다. 회에 머물지 않고 움직인 것이 참으로 다행한 일이었어. 제갈세가가 그리 필사적으로 나오는 것을 보면 패천마궁과도 교감이 있다는 것일 게다. 풍월이란 놈이 강남무림이 개입을 하기 전에 싸움을 끝낼 것이란 믿음이 있는 것이겠지."

"그게 가능하겠습니까? 강남무림이 제때에 도착을 하지 못한다고 하더라도 패천마궁 인근에 집결한 이들만 해도 엄청난 전력입니다. 과거라면 몰라도 내분으로 인해 만신창이가 된 패천마궁으로선 결코 감당하지 못할 것입니다."

사마풍이 결코 불가능하다며 손을 내저었지만 사마용의 생각은 달랐다.

"놈이 지금껏 보여주었던 실력과 엄청난 성장 속도를 감안하면 무시할 일만은 아닐세. 게다가 놈을 추종하는 천마대의 실력 또한 범상치 않고. 고작 그 인원으로 마련을 휩쓸고 다니는 것을 보지 않았나. 무엇보다 제갈세가가 그리 믿는다는 것이 영 마음에 걸려."

사마풍은 그럼에도 불구하고 위지허 등이 개천단을 이끌고 개입한 이상 패천마궁이 이길 가능성은 없다고 여겼으나 굳이 반론을 하지는 않았다.

바로 그때였다.

낯빛이 하얗게 질린 사마중이 문을 박차고 뛰어들었다.

"무슨 일이냐?"

평생토록 지금처럼 놀란 사마중을 보지 못한 사마조가 벌떡 일어나며 물었다.

"크, 큰일 났습니다."

사마조의 얼굴이 일그러졌다. 누가 봐도 뭔가 문제가 생긴 얼굴이다.

"쓸데없는 소리 말고 본론부터."

"개, 개천단이……."

"개천단이 왜?"

답답함을 참지 못한 사마조가 사마중의 어깨를 잡아채며 물었다.

"모, 몰살당했습니다."

"…뭐?"

사마조는 순간적으로 말뜻을 이해하지 못했다.

"적귀단과 합류한 개천단이 몰살을 당했습니다. 또한 서북

무림에서 이탈한 무당파와 종남, 청성파의 정예들까지 모조리
몰살을 당했습니다."

사마중이 울부짖듯 말했다.

"그, 그게 대체……."

사마조는 여전히 정신을 차릴 수가 없었다.

사마중이 하는 모든 말들이 이해가 되지 않는 것들뿐이었
다.

사마조보다 빨리 냉정을 찾은 것은 사마풍이었다.

"제대로 말해라. 그러니까 네 말은 적귀단과 합류하기로 한
개천단이 몰살을 당했다는 것이냐?"

"그, 그렇습니다."

"누구한테?"

"패천마궁! 풍월에게 당했습니다."

와장창!

술상이 요란한 소리를 내며 쓸려 나갔다.

파스스스.

손아귀에 든 술잔이 먼지가 되어 흩어졌다.

"다시 한번 말해봐라. 누가 어찌 되었다고?"

사마용이 폭발할 듯한 감정을 필사적으로 억누르며 물었
다.

"적귀대를 포함하여 당가를 지원하기 위해 움직였던 이들

모두가 몰살을……."

"하아!"

탁한 숨을 내뱉은 사마용이 질끈 눈을 감았다. 마주하고 있는 사마조는 물론이고 굳은 표정으로 앉아 있는 사마풍도 감히 입을 열지 못했다.

"하면……."

힘겹게 눈을 뜬 사마용이 한참을 망설이다 물었다.

"대장로는, 운… 풍이는 어찌 되… 었느냐?"

"……."

사마증은 감히 입을 열지 못했다.

"어찌 되었느냐고 물었다."

재차 묻는 사마용의 음성에 잔떨림이 일었다.

"죄송… 합니다."

사마증이 울먹이며 고개를 떨궜다.

"음."

피가 나도록 다문 입술에선 고통을 참는 신음이 새어나왔고, 꽉 움켜쥔 주먹에선 손톱이 손바닥을 파고들어 피가 줄줄 흘러나왔다.

죽음보다 더한 침묵이 주변을 휘감았다.

사마용이 침묵을 깬 것은 일각의 시간이 흐른 뒤였다.

"서북무림은 어찌 된 것이냐?"

"패천마궁의 움직임을 좇아왔던 것으로 판단됩니다. 본 회와의 싸움에서 만신창이가 된 패천마궁을 노렸지만 뒤늦게 나타난 녹림에 뒤통수를 맞으며 그들 역시 모조리 전멸했습니다."

"병신 같은 것들. 참으로 도움이 안 되는 종자들이다."

분노를 감추지 못한 사마용이 술병을 들더니 벌컥벌컥 술을 들이켰다.

"패천마궁까지 닷새라고 했더냐?"

"예? 예."

사마조가 엉겁결에 고개를 끄덕였다.

"사흘 안에 도착해야 할 것이다."

"하지만……."

"토는 달지 말고."

싸늘한 한마디에 사마조가 얼른 고개를 숙였다.

"아, 알겠습니다."

"당가의 계집에게도 연락을 취해라. 서북무림의 얼간이들처럼 경거망동하다가 당하지 말고 노부를 기다리라고."

다시금 술병을 든 사마용이 한마디를 덧붙였다.

"사흘, 사흘만 기다리라고 말이다."

*　　　　　*　　　　　*

"환사도문이 공격을 시작했다고요?"

부상당한 천마대원들을 잠시 살피고 돌아온 풍월은 숨도 돌리기 전에 올라온 은혼의 보고에 미간을 찌푸렸다.

"예, 지난밤부터 공격이 시작된 것 같습니다. 아직 대대적으로 움직이지는 않고 있지만 언제 어느 순간에 들이칠지 몰라 군사님의 고심이 심한 듯합니다."

"그렇겠지요. 본 궁을 노리는 것들이 환사도문만이 아니니까요. 가장 골치 아픈 당가를 지척에 두고 있으니 전력을 다해 막을 수도 없고. 아, 당가의 움직임은 어떻다고 합니까?"

풍월의 물음에 은혼의 표정이 딱딱하게 굳었다.

"서북무림이 합류를 했는데도 아직까지는 큰 움직임을 보이지 않고 있습니다. 다만, 계속해서 포로를 늘리고 있다고 합니다."

"포로를 늘린다면……."

절심단과 귀면을 떠올린 풍월이 이를 부득 갈았다.

"어차피 노출되었으니 감출 필요도 없다는 말이네요. 익히 알고 있었지만 정말 제대로 미친년입니다."

풍월은 서북무림의 무인들이 합류를 했음에도 대놓고 포로들을 늘리는 당가의 대범함, 아니, 무모함에 어이가 없었다.

"그나마 다행이라면 당가를 지원하러 움직인 서북무림의 전력이 급격히 약화되었다는 겁니다. 비록 여전히 많은 수가 남아 있기는 해도 전력의 핵심이라 할 수 있는 무당과 종남, 청성파 제자들 상당수가 목숨을 잃었습니다. 궁주님의 공격을 두려워해 급히 당가와 합류를 하기는 했어도 사기가 말이 아니라고 합니다. 군사께선 서북무림이 합류를 했음에도 당가가 바로 공격을 시작하지 못한 것이 사기가 워낙 바닥을 치고 있기에 그렇다고 판단하고 있습니다."

"어쩌면 지금이 기회라면 기회일 수 있는데 환사도문의 공격을 받고 있는 군사나 우리나 역공을 펼치기엔 상황이 좋지 않다는 것이 아쉽네요."

풍월이 아쉬움에 입맛을 다시자 은혼이 걱정스러운 얼굴로 물었다.

"천마대의 부상이 예상보다 심각한 모양입니다."

"예, 다들 당장에라도 움직일 수 있다고 큰소리는 치는데, 최소한 이삼 일은 회복을 해야 할 것 같습니다."

"걱정이네요. 역공은 고사하고, 당가가 언제 공격을 시작할지 모르는데요."

은혼의 탄식에 황천룡이 퉁명스러운 목소리로 말했다.

"녹림은 아예 무시를 하네? 몇 놈이 뒈지긴 했어도 아직은 건재한데 말이야."

"아, 그렇긴 하네요."

고개를 끄덕이기는 해도 표정이나 말투에 성의가 없었다.

"궁주는 어떻게 생각해? 천마대만큼은 아니더라도 아쉬운 대로 우리 애들을 쓰는 것도 나쁘지는 않을 것 같은데."

황천룡의 제안에 풍월은 엷은 미소를 지으며 고개를 저었다.

"고맙기는 한데 됐습니다. 천마대 없이 녹림의 병력으로만 공격을 하기엔 버거워요. 아, 무시하는 건 아니니까 그렇게 인상 쓸 건 없고요."

풍월이 쌜쭉거리는 황천룡을 달랠 때 침묵을 지키고 있던 형웅이 입을 열었다.

"혹 강남무림을 기다리는 걸까요?"

"누가? 당가가?"

"예."

"글쎄, 잘 모르겠다. 무작정 기다리기엔 시간이 너무 오래 걸리잖아. 당가에서도 제갈세가의 방해로 저들이 지체되고 있다는 것을 알 텐데."

"그렇긴 해도……."

"개천회는 어때?"

풍월의 갑작스러운 반문에 형웅이 눈을 동그랗게 치떴다.

"예? 설마 당가와 개천회가……."

풍월이 무겁게 고개를 끄덕였다.

"사기 때문에 머뭇거리는 것도 있지만 어쩌면 개천회 놈들을 기다리고 있을지도 모른다는 생각이 들어. 이상하게도 저둘이 맞물려 움직이는 것처럼 느껴진단 말이지."

"맙소사! 그럼 진짜 큰일이잖아."

황천룡이 머리를 움켜쥐며 소리쳤다.

"후! 답답하네. 이대로 천마대의 부상이 나을 때까지 기다릴 수도 없는 노릇이고, 그렇다고 녹림의 병력만을 이끌고 공격을 하자니 피해만 커질 테고."

답답함을 감추지 못한 채 한참 동안이나 생각에 잠겼던 풍월이 형응에게 고개를 돌렸다.

"아우야."

"예, 형님."

"아무래도 특단의 대책을 세워야 할 것 같다."

"말씀하세요."

"환사도문의 공격도 위협적이기는 하나, 현 상황에서 가장 큰 위협은 당가다."

"제가 당령의 목을 따올까요?"

형응이 표정 하나 바꾸지 않고 물었다. 그의 자신감에 자신도 모르게 웃음을 터뜨린 풍월이 고개를 저었다.

"힘들 거다. 그년이 지금 가장 두려워하는 것은 내가 아니라 형웅, 너일 테니까. 아마도 이중, 삼중으로 경계를 하고 함정을 판 채로 널 기다리고 있을지도 모르지."

"자신 있습니다."

"알아. 충분히 가능하다는 것도. 하지만 만에 하나라는 것이 있어. 그 위험 때문에라도 보낼 수는 없다. 대신 환사도문으로 가라. 그자들은 너에 대해 자세히 모른다. 그만큼 대비도 허술할 테고."

"알겠습니다."

형웅은 토를 달지 않았다.

"대신 절대 무리하지 마라. 환사도문이 본 궁의 공격에 집중하지 못하도록 시선만 끌어. 군사가 환사도문보다는 당가의 공격에 보다 대비할 수 있을 정도의 여력만 만들어주면 된다."

"걱정 마십시오. 수뇌들의 숨통을 모조리 끊어버리겠습니다."

풍월이 미간을 찌푸리며 뭐라 말을 하려는 찰나, 형웅이 재빨리 덧붙였다.

"아, 무리하지 않는 선에서요."

"그래, 무리하지 않는 선에서."

"환사도문은 형웅이 간다 치고. 그럼 당가는? 그것들도 함부로 움직일 수 없도록 만들어야 되는 것 아냐?"

　황천룡의 물음에 풍월은 대답하지 않았다. 그저 조용히 미소를 지을 뿐이다.

제118장

타초경사(打草驚蛇)

　"그러니까 개천회의 주력이 몰살을 당했고, 얼떨결에 유인을 당한 서북무림의 정예들까지 몰살을 당했다?"

　당령이 어이없는 웃음을 지으며 물었다.

　땀에 젖어 몸에 착 달라붙은 나삼이 그녀의 아름다운 몸의 굴곡을 적나라하게 보여주었으나 보고를 하는 독비단주 당위안의 표정엔 변화가 없었다.

　그녀의 미모에 홀린 자들이 어떤 최후를 맞이하는지 너무도 잘 알기 때문이었다. 물론 자신을 비롯해 소수의 인원은 그녀와 잠자리를 하면서도 여전히 목숨을 부지하고 있지만 그건 무조건적인 충성의 대가일 뿐이었다.

"병신들이 아주 지랄들을 하네."

신경질적으로 몸을 일으킨 당령이 피골이 상접한 채 기절해 있는 사내를 턱짓으로 가리키며 말했다.

"치워. 그래도 한 문파의 후계자 어쩌고 하길래 나름 쓸 만한가 했더니 내력도 영 보잘것없고."

당령이 거론하는 것 자체가 짜증 난다는 표정으로 손짓을 하자 당위안이 채양흡정색혼술에 당한 채 정신을 잃고 있는 사내의 몸을 들어 문밖으로 내던졌다.

"개천회에서 전령이 왔다고?"

"예, 조금 전에 도착했습니다."

"데리고 와. 아, 주변에 입단속하는 걸 잊지는 말고."

당령이 개천회와 손을 잡고 있다는 것은 당가에서도 아직은 일부의 인원만이 알고 있는 사실이다.

물론 눈치가 빠른 자들은 만독문을 포로로 사로잡는 과정에서 흑귀대가 개입했음을 알고 당가와 개천회가 모종의 관계가 있음을 눈치채고 있었으나, 드러내 놓고 의문을 표하지는 않았다.

잠시 후, 당위안을 따라 평범한 농군의 모습을 한 사내가 안으로 들어섰다.

"만안당의 솔우가 당가의 가주님을 뵙습니다."

만안당 요원 솔우가 정중한 자세로 허리를 꺾었다.

"어서 와요. 먼 길 오느라 고생했어요."

침상에서 몸을 일으킨 당령이 다가오자 솔우는 정신이 아득했다. 채양흡정색혼술을 극성으로 익힌 그녀는 바라보는 것만으로도 숨이 막히고 절로 몸이 뜨거워질 정도로 치명적인 색기(色氣)를 발산하고 있었다.

"가, 감사합니다."

솔우가 눈을 질끈 감으며 식은땀을 흘리자 당령은 교소를 터뜨리며 그에게 향했던 색기를 거둬들였다.

"회주께서 무슨 말씀을 하려고 그대를 보낸 것이지요?"

"그, 그것이……."

말을 섞을 엄두가 나지 않은 솔우가 황급히 품에서 서찰을 꺼냈다. 당위안이 그 서찰을 받아 당령에게 건넸다.

당령이 다리를 꼬고 앉아 서찰을 읽기 시작했다.

서찰의 내용은 길지 않았다. 하지만 내용만큼은 당령의 마음에 쏙 들었다.

"회주께서도 급하셨군요. 하긴, 그럴 만도 하지. 개천회에서 최고의 전투력을 보유했다는 개천단이 몰살을 당했으니. 그리고 장로들과 후계자까지 잃으셨고."

후계자란 말에 솔우의 몸이 움찔했다. 당령이 꽤나 자세하게 개천회의 속사정을 파악하고 있음을 깨달은 것이다.

"사흘, 아니, 이제는 이틀 정도인가. 그 정도면 충분히 기다릴 수 있지. 가서 전하세요. 회주님의 제안을 받아들인다고."

짧은 대답이었으나 그것만으로 충분했다.

"감사합니다."

고개를 숙인 솔우가 곧바로 방문을 빠져나갔다.

"당위완."

"예, 가주님."

"당장 회의를 소집해. 각 문파의 수뇌들은 단 한 명도 빠짐없이 참석하라 전하고."

"알겠습니다."

황급히 물러나는 당위안을 보며 당령은 만족스러운 미소를 지었다.

서북무림을 대표하는 수뇌들과 그들보다 일찍 합류를 한 점창파, 아미파의 수뇌들이 모두 모이자 회의장은 발 디딜 틈이 없었다.

현재 당가와 서북무림 등이 머물고 있는 곳은 당가가 점령한 쌍살문이었는데, 애당초 소규모의 문파였던지라 그 많은 인원을 수용하기가 벅찼다. 회의장 또한 작을 수밖에 없었다.

"무슨 일이오, 가주? 혹여 또 다른 문제라도 생긴 것이오?"

청성파 문주 벽성자가 물었다. 아홉 살 어린 나이에 청성산에 올라 평생을 함께한 사제와 수많은 제자들을 잃은 그의 얼굴은 하루 만에 반쪽이 되어버렸다.

"문제라 할 것은 없습니다. 그저 제가 혼자 결정할 수 있는 사안이 아니라 여러분들을 모신 것입니다."

"무슨 일이기에 그러시오?"

무당파 장로 진효가 다시 물었다.

무당에서 함께 출발한 두 사형, 진광과 진경을 연속으로 잃은 그의 낯빛은 벽성자에 비해 더욱 초췌했다.

"조금 전, 개천회에서 연락이 왔습니다."

"어… 디?"

"개… 천회?"

"지금 뭐라 했소? 개천회라 한 것이오?"

곳곳에서 당황한 외침이 터져 나왔다.

"흥분들 하지 마시고요. 제 얘기를 들어보시지요."

당령이 착 가라앉은 음성으로 말했다. 음성에 은은한 내력을 실었기 때문인지 소란은 금방 가라앉았다.

"저도 조금은 당황스럽습니다만 어쨌든 개천회주라는 자가 제게, 아니, 정확히는 여기 계신 분들께 한 가지 제의를 해왔습니다."

"그게 무엇인지요?"

아미파의 대장로 금정신니가 조용히 물었다.

"손을 잡자는군요. 패천마궁을 공격할 때."

그녀의 말이 끝나기도 전, 회의장엔 조금 전과는 비교도 되지 않을 정도로 소란이 일었다.

"그게 말이 된다고 생각하시오?"

"이것들이 감히 우리를 뭘로 보고!"

"당장 거절해야 합니다. 아니, 개천회 놈들이 우리의 뒤통수를 노리고 있음이 명확해졌으니 대비를 해야 합니다."

그동안 개천회에 당한 것이 많았던 이들은 패천마궁 이상으로 그들을 증오하고 있었다.

"차라리 패천마궁과 손을 잡고……."

패천마궁과 손을 잡자고 외치던 한 중년인은 당령의 차가운 눈빛에 얼른 입을 다물었다.

"그렇게 흥분만 하지 마시고 제 얘기를 좀 들어보시지요."

당령이 다시금 입을 열자 회의장의 모든 이들이 그녀의 말을 경청하기 위해 주의를 집중했다. 그것이야말로 쌍살문에 모인 각 문파의 수뇌들을 누가 이끌고 있는지 명확하게 보여주는 장면이었다.

"승천원에서의 일은 다들 알고 계실 겁니다."

모두의 시선이 무당파와 종남파, 청성파의 수뇌들을 향해 쏠렸다.

　"그날, 승천원에서 당한 것이 우리들만이 아닙니다. 애당초 패천마궁은 개천회가 승천원에 모여 있다는 정보를 얻고 승천원을 친 것입니다. 한데 그 정보를 접한 분들이 무리하게……."

　당령은 차마 말을 잇지 못하고 안타까운 표정을 지으며 고개를 저었다.

　"그러니까 개천회주는 그들과 우리가 같은 날, 같은 시간에 패천마궁에게 당했으니 이제 손을 잡고 함께 패천마궁을 치자는 제안을 한 것이오?"

　무당파의 진효가 노골적으로 반감을 드러냈다.

　"손을 잡자는 말을 조금 오해하셨군요."

　"뭐가 오해란 말이오?"

　"손을 잡자는 말이 동맹을 뜻하는 것은 아니에요. 정확히는 패천마궁을 상대하는 동안만이라도 서로를 적대시하지 말자는 정도로 해석하시면 될 것입니다."

　"그 또한 웃기는 일이 아니오. 지금껏 온갖 음모를 꾸며놓고 갑자기. 어찌 그들을 믿는단 말이오."

　청성파 문주 벽성자 역시 상당히 회의적이었다.

　"저들에겐 그럴 만한 충분한 이유가 있습니다."

"이유? 대체 무슨 이유 말이오?"

"승천원에서 세 명의 장로가 당했다고 하는군요. 그리고 개천회의 후계자까지도. 얼마 전엔 사마세가의 가주까지 잃은 데다가 이제는 그 후계자까지 잃었으니 개천회주가 눈이 돌아갈 만하지요. 아, 아직 모르시겠군요. 전대 사마세가의 가주 사마용이란 자가 개천회의 회주입니다."

나름 폭탄선언이었지만 큰 동요는 없었다. 애당초 사마세가가 개천회라는 것이 밝혀진 이상, 회주가 전대 사마세가의 가주라는 것을 추측하는 일은 크게 어려운 일이 아니었기 때문이다.

"하지만 그렇다고 해도……."

당령이 진효의 말을 잘랐다.

"믿음의 증거로 우리에게 볼모를 보낸다고 하는군요. 사마조라고 아시는 분은 아시겠지만 개천회주 사마용의 손자이자 개천회의 문상이라고 합니다."

볼모란 말에 깜짝 놀라고 있는 좌중을 향해 당령이 활짝 웃으며 말했다.

"그리고 하나 더. 싸움이 끝난 후, 환사도문을 넘겨줄 수도 있다고 언급했습니다."

*　　　*　　　*

"그게 무슨 말이야? 분위기가 심상치 않다니?"

소규모의 싸움이기는 해도 연이은 승리에 기분 좋게 술잔을 들던 환사도문의 문주 위백양이 미간을 찌푸리며 물었다.

"이틀 전인가 큰 싸움이 벌어졌던 모양입니다. 그 싸움에서 서북무림의 정예들이 박살이 났고, 심지어 은밀히 움직이던 개천회까지도 모조리 몰살을 당했다는 소문이 돌고 있습니다."

환사도문의 정보를 관장하고 있는, 힘든 여건에서도 최대한의 정보를 얻기 위해 동분서주하고 있는 위귀연의 표정은 심각했다.

"개천회가? 서북무림의 보잘것없는 놈들이야 그렇다 쳐도 개천회까지 당했단 말이냐?"

"예, 형님."

"그게 말이 되냐고? 개천단인가 뭔가 하는 놈들이 움직였다고 했잖아. 개천회가 보유한 최고의 전력이라고 한 것 같은데."

"예, 게다가 그들을 이끄는 여러 장로들 중 개천회의 이인자라 할 수 있는 대장로 위지허가 있었습니다. 만약 지금 떠도는 소문이 사실이라면 개천회는 회복하기 힘든 치명상을 당한 것입니다."

"흐흐흐! 그건 잘된 일이고. 개천회 놈들의 힘이 약해질수록 우리가 패천마궁을 장악하는 일이 쉬워질 수 있을 테니까."

위백양의 웃음에 위귀연은 자신도 모르게 한숨을 내쉬었다. 위백양은 개천회나 당가, 서북무림과 패천마궁이 죽을힘을 다해 싸워줘야 환사도문이 최소한의 희생으로 패천마궁을 장악할 수 있다는 생각을 전혀 하지 못하고 있었다.

위귀연의 표정을 읽은 위백양이 민망한 웃음을 흘리며 말했다.

"그렇게 한심한 표정 짓지 말고 어떻게 움직여야 하는지나 말해줘. 당가 놈들에게 힘을 실어주기 위해 조금 더 공세를 강화해야 하나?"

위백양의 말에 위귀연이 화들짝 놀라며 고개를 저었다.

"오히려 몸을 사려야 할 때입니다. 잊으셨습니까? 우리의 최종 목표는 패천마궁을 장악하는 것입니다. 애당초 개천회의 요구도 패천마궁의 주변을 흔들어달라는 것이었습니다. 게다가 패천마궁 궁주 풍월의 무위가 심상치 않습니다. 과거에도 대단했지만 최근 들어 들려오는 사실을 종합해 볼 때, 어쩌면 말도 안 되는 일이 벌어질 수도 있습니다."

풍월이란 이름에 위백양의 눈꼬리가 절로 치켜 올라갔다.

과거 화산파에서 당한 치욕을 떠올리자 아랫배에서 불덩이가
치솟는 것 같았다.

"그래서 어쩌자고?"

화를 참지 못한 위백양이 언성을 높였다.

"지금은 상황을 지켜볼 때입니다. 당가와 서북무림의 움직
임을 정확히 파악하고 공격을 해도 늦지 않습니다. 그리고 개
천회의 움직임까지. 그들이 이대로 당하고만 있을 리 없으니
까요."

"꼭 그렇게 해야 하는 거냐? 풍월이란 놈만 주의하면, 솔직
히 며칠 동안 싸워온 패천마궁 놈들 정도는 우리의 힘만으로
도 쓸어버릴 수 있을 것 같은데."

"그 풍월이 문제입니다. 형님이 감당할 수 있습니까?"

답답함을 참지 못했는지 위귀연의 음성이 절로 높아졌다.

"아니, 난……."

변명을 하려던 위백양의 음성이 갑자기 끊겼다. 바깥에서
소란이 일었기 때문이다.

"문주님."

"무슨 일이냐?"

위백양이 신경질적으로 물었다.

문이 열리고 주변을 경계하고 있던 사내가 조금은 당황한
표정으로 들어왔다.

"정확히는 모르겠지만 침입자가 있는 것 같습니다."

"침입자? 어떤 놈들이, 아니, 몇 놈이냐?"

위귀연이 다급한 어조로 물었다.

"그, 그것은 잘 모르겠습니다."

"멍청한! 고작 쥐새끼 몇 놈이 숨어들었다고 이 난리란 말이냐?"

호통을 친 위백양이 사내를 지나 문밖으로 나가려 했다. 하지만 어느 순간, 위백양은 걸음을 옮길 수가 없었다.

"이, 이게……."

위백양은 자신의 심장에 박힌 검을 보며 믿을 수 없다는 표정을 지었다.

"무슨 짓이냐!"

기겁한 위귀연이 위백양의 심장에 검을 꽂아 넣은 경계병을 향해 일장을 날렸다. 가볍게 공격을 피한 사내가 위귀연의 품으로 파고들었다.

그것으로 끝이었다. 상대적으로 무공이 약한 위귀연은 빛살처럼 날아든 공격을 피하지 못하고 목이 베여 절명하고 말았다.

"네, 네… 놈은 누… 구냐?"

힘없이 주저앉은 위백양이 급격히 생기를 잃어가는 눈으로 물었다.

인피면구를 벗어 위백양의 얼굴에 툭 던진 형응이 차갑게
웃으며 말했다.

"형님의 칼."

＊　　　　＊　　　　＊

"당가가 움직였다고요?"

은혼의 보고에 풍월이 깜짝 놀라 물었다.

"예, 조금 전, 쌍살문을 떠났다는 보고가 도착했습니다."

"단독으로 움직인 것입니까? 아니면 서북무림도 함께 움직
인 겁니까?"

"모두가 움직였습니다."

"개천회는 아직이지요?"

"예."

"젠장, 놈들이 도착할 때까지는 움직이지 않을 줄 알았
는데. 아무래도 환사도문의 움직임에 영향을 받은 것 같지
요?"

풍월의 물음에 은혼은 별다른 대답을 하지 않았다. 침묵은
곧 긍정의 의미였다.

"후! 그 녀석, 적당히 분란만 일으키라고 했더니만 문주의
목을 따버릴 줄이야. 실수했어요. 아예 정확하게 선을 정해줬

어야 하는데요."

풍월은 한숨을 내쉬며 형웅의 움직임을 예측하지 못한 자신의 실수를 자책했다.

풍월의 부탁을 받고 환사도문에 잠입한 지 고작 반나절. 형웅은 수하들과의 합동 작전으로 환사도문의 문주와 군사라 할 수 있는 자의 숨통을 끊어버렸다.

큰 싸움을 앞둔 상황에서 상대의 우두머리를 제거한 것은 어찌 보면 대단한 쾌거라고 할 수 있었으나 문제는 위백양이 환사도문의 진정한 우두머리가 아니라는 것이었다. 화산파를 공격했을 때와 마찬가지로 환사도문의 실질적인 주인은 여전히 위천이었다.

두 아들의 죽음에 분노한 위천은 복수를 다짐하며 날이 밝기가 무섭게 패천마궁을 공격하기 시작했다. 단순히 패천마궁을 압박하는 정도에서 머무는 것이 아니라 그야말로 총력전을 펼친 것이다.

환사도문의 갑작스러운 변화에 당황한 패천마궁은 당가와 서북무림을 상대하기 위해 준비해 두었던 전력의 일부를 다급히 이동시켜 대응케 했다. 하지만 총력전을 펼치는 환사도문의 전력은 생각 외로 강력했다.

연전연승. 환사도문은 패천마궁의 서쪽 영역을 그야말로 초토화시키며 총단을 향해 질주했다.

환사도문을 막기 위해 어쩔 수 없이 패천마궁의 주력들이 이동하자 사태 추이를 지켜보던 당가 또한 이에 호응하여 움직이기 시작했다. 원래의 계획은 개천회가 도착할 때까지 기다리는 것이었으나 환사도문이 미쳐 날뛰는 지금, 이 기회를 결코 놓칠 수 없었다.

"개천회의 움직임은 확인되었습니까?"

풍월의 물음에 은혼이 어두운 얼굴로 고개를 저었다.

"찾지 못했습니다. 죄송합니다."

"은 형이 죄송할 건 없지요. 놈들이 그만큼 조심한다는 것이니까요. 어쨌든 상황이 이렇게 되었으니 계획을 변경해야겠네요."

쓸쓸하게 웃은 풍월의 시선이 물선에게 향했다.

"부상은 다들 어때?"

"괜찮습니다."

"막연히 괜찮은 것 말고."

"아직 치료가 필요한 인원 몇을 제외하면 충분히 제 역할을 할 수 있습니다."

"제 역할이라……."

의자에 깊숙이 몸을 묻고 생각에 잠겼던 풍월이 천천히 몸을 일으켰다.

"고민을 해봐도 답은 하나뿐이지. 패천마궁은 당가와 서북무림을 막지 못한다. 출발 준비를 해라. 당가를 친다."

"존명!"

힘차게 대답한 물선이 서둘러 방문을 나섰다.

"개천회는 괜찮을까? 놈들이 당가에 합류하기 전에 먼저 치는 것이 계획이었잖아. 당가를 치다가 뒤통수를 맞으면 위험할 것 같은데."

황천룡이 걱정스러운 얼굴로 물었다.

"그게 최상이긴 한데 상황이 변했네요. 개천회 놈들 기다리다간 패천마궁이 먼저 당할 테니까요. 은 형."

"예, 궁주님."

"그래서 은 형과 묵영단의 역할이 중요합니다. 가용할 수 있는 모든 인원을 동원하여 개천회 놈들의 움직임을 파악하세요. 처음부터 상대하면 모를까, 황 아저씨 말대로 뒤통수를 맞으면 곤란합니다."

"알겠습니다. 반드시 찾아내겠습니다."

은혼이 각오에 찬 눈빛으로 고개를 숙였다. 바로 그때였다. 위지평이 급한 얼굴로 문을 열었다.

"궁주님!"

"무슨 일이야?"

"묵영단에서 낯선 무리의 이동을 포착했다고 합니다."

풍월이 벌떡 몸을 일으켰다.

"낯선 무리라면……."

풍월이 자신도 모르게 은혼을 바라보았다.

"묵영단의 요원이 낯설다고 할 정도면 개천회뿐입니다."

"확실한 겁니까?"

"확실합니다."

은혼의 대답에 풍월이 주먹을 움켜쥐며 위지평에게 명했다.

"밀은단은 지금 즉시 묵영단과 연수하여 낯선 무리의 행적을 쫓는다. 절대로 놓쳐선 안 될 것이다."

"존명!"

명을 받은 위지평이 연기처럼 사라졌다.

궁주의 호위를 책임지고 있는 밀은단은 결코 궁주의 곁을 떠날 수 없다고 주장하던 평소의 모습과는 전혀 다른 태도였다. 그만큼 상황은 급박하게 돌아가고 있었다.

*　　　　*　　　　*

"기가 막히는구나!"

위천은 피투성이가 된 채 검을 휘두르는 형응을 보며 입을 쩍 벌렸다. 비록 적이라고는 해도 한 사람의 무인으로서 감탄을 금치 못했다.

문주와 군사를 암습으로 잃은 환사도문은 전력을 다해 패천마궁을 공격하기 시작했다. 그동안의 소극적인 공격 때문인지 상대적으로 방어막이 약했던 패천마궁은 제대로 대항도 하지 못하고 속절없이 밀리고 말았다.

잔결방주 풍천황이 필사적으로 방어선을 만들었으나 이미 기세가 오른 환사도문을 막기엔 역부족이었다.

순식간에 방어선을 뚫고 패천마궁의 총단을 향해 질주하던 환사도문의 발목이 잡힌 것은 상황의 심각성을 인식한 군사 순후가 당가와 서북무림을 막기 위해 준비한 이들을 대거 투입하면서부터였다. 하지만 그것 또한 한 사람, 형응의 활약이 없었다면 불가능한 일이었다.

환사도문의 문주 위백양과 군사라 할 수 있는 위귀연을 암살하는 데 성공한 형응은 집요하게 따라붙는 추격자들을 여유롭게 따돌린 후, 패천마궁, 정확히는 풍월이 있는 곳으로 귀환하려 했다.

문주의 숨통을 끊어놓았으니 환사도문은 큰 혼란에 빠지리라. 물론 복수에 미쳐 날뛸 가능성도 있으나 그래도 상황을 수습하는 데 최소한 며칠은 걸릴 것이라 생각했다.

그 정도면 풍월이 원하는 바를 완벽하게 수행한 것이라 여겨졌지만, 형응이 그것이 얼마나 어리석은 판단이었는지를 깨닫는 데는 하루도 걸리지 않았다.

두 아들의 죽음에 분노한 위천은 아들의 장례식은 패천마궁의 멸망 후에 치를 것이라 공언하며 대대적인 공격을 시작했다.

형웅이 자신의 실수를 파악했을 땐 패천마궁의 방어막이 초토화가 된 이후였다.

자신의 실수를 만회하기 위해 곧바로 전장에 뛰어든 형웅은 실로 눈부신 활약을 펼쳤다. 비록 연이어 패퇴를 하기는 하였으나 환사도문의 진격 속도를 현저히 늦춰 총단에서 지원군이 도착할 때까지 시간을 버는 데 성공한 것이다.

그 과정에서 형웅에게 목숨을 잃은 환사도문의 호법과 장로들의 수가 무려 아홉에 이르렀다.

형웅의 활약은 환사도문과 패천마궁의 총단에서 온 병력이 정면으로 맞부딪친 황석평에서의 싸움으로 이어졌다.

연이어 벌어진 치열한 싸움에서 형웅은 이미 지칠 대로 지친 상태였다. 게다가 제대로 치료받지 못한 부상의 상태가 상당히 좋지 못했다.

양 옆구리와 오른쪽 가슴에 뼈가 보일 정도로 큰 부상을 당했고, 부러진 왼팔은 그의 의지와는 상관없이 덜렁거렸다. 최소한 한두 달은 요양해야 할 정도로 내상 역시 깊었다.

그뿐만이 아니었다. 지금껏 그와 함께 싸웠던 특급 살수 석

첨이 환사도문의 대장로 위수경과 양패구상을 했고, 부상에서 회복한 지 얼마 되지 않은 일급 살수 염호 또한 왼쪽 눈과 팔 하나를 잃는 치명적인 부상을 당한 채 쓰러졌다.

그런 최악의 조건 속에서도 형웅은 물러서지 않았다.

한 줌의 내력도 남아 있지 않았고 당장 쓰러진다고 해도 전혀 이상할 것 없는 부상을 당했음에도 눈빛만큼은 여전했다.

위천은 반 토막 난 검을 비스듬히 누인 채 자신을 노려보는 형웅을 보며 어처구니없는 웃음을 흘렸다.

비웃음은 결코 아니다. 패퇴한 패천마궁의 병력과 지원군을 이끌며 최후의 방어선을 지키기 위해 전력을 쏟아부은 형웅은 무림 최고의 살수답게 진정으로 강했다.

형웅을 쓰러뜨리기 위해 몇 남지 않은 원로들이 합공을 했다. 피 날리는 접전 끝에 결국 형웅을 무장 해제시키는 데 성공을 했으나 대가가 너무 컸다. 형웅 한 사람을 잡기 위해 무려 다섯 명의 원로들을 잃고만 것이다.

'이놈을 먼저 쳤어야 했다. 얼마나 강한지 뻔히 알면서.'

위천은 자신의 실수로 평생을 함께했던 형제들과 친우들이 목숨을 잃었다는 생각에 가슴이 아팠다.

명백한 판단 착오였다.

위천은 자신조차 목숨을 걸어야 하는 형웅을 우선적으로

상대하는 것보다는 원로들이 형웅의 발목을 잡는 사이, 잔결 방주 풍천황을 비롯해서 패천마궁 총단에서 지원군을 이끌고 도착한 수뇌들의 숨통을 모조리 끊어버리는 것이 싸움을 승리로 이끄는 지름길이라 여겼다.

개천회로부터 육도마존의 무공을 되찾고 피나는 노력으로 완벽하게 익혀낸 지금, 위천은 스스로의 실력에 확신을 가지고 있었다.

위천은 계획대로 적들의 수뇌들을 모조리 베는 데 성공했다. 하지만 성공한 것은 위천만이 아니었다.

형웅 또한 그를 막고 있던 환사도문의 원로들을 모조리 쓰러뜨렸다. 다만 차이가 있다면 아직 여력이 있는 위천과는 달리 형웅에겐 더 이상 여력이 없다는 것 정도였다.

"네 녀석과 제대로 싸워보지 못한 것이 유감이다."

형웅의 앞에 선 위천이 아쉬운 얼굴로 칼을 들었다.

"아직 늦지 않았다. 덤벼. 얼마든지 상대해 줄 테니까."

형웅이 독기 어린 눈빛으로 외쳤다.

"쯧쯧, 눈빛만 살아 있으면 무엇하겠느냐. 몸이 따라오지 않는 것을."

말은 그리하면서도 위천은 비교적 신중히 움직였다. 그런 위천의 모습에서 최후의 한수를 준비하고 있던 형웅은 죽음을 직감했다.

고개를 돌려 전장을 살폈다.

전장의 분위기는 압도적으로 환사도문에게 유리하게 흘러가고 있었다.

숫자는 비슷하지만 기세 자체가 달랐다.

위천의 공격에 의해 핵심 수뇌들을 모조리 잃은 패천마궁의 사기는 바닥에 떨어졌지만 환사도문은 그렇지 않았다.

환사도문의 승리는 기정사실이었다. 그리고 환사도문의 승리는 당가와 서북무림, 나아가 개천회까지 상대해야 하는 패천마궁에겐 악몽과도 같은 일이었다.

'죄송합니다, 형님.'

형웅이 힘없이 눈을 감았다. 자신의 실수로 인해 패천마궁이 최악의 상황을 맞게 된 것이 너무도 미안했다.

형웅의 반응을 예리하게 살피고 있던 위천은 마침내 싸움을 마무리할 때가 되었음을 눈치챘다. 아울러 두 아들, 그리고 형웅을 상대하다 희생된 형제, 친우들의 복수까지도.

"와아아아아아!"

전장을 뒤흔드는 함성이 들려온 것은 위천이 막 형웅의 목숨을 거두려 할 때였다.

북쪽 방향에서 등장한 일단의 무리들이 맹렬한 기세로 달려왔다.

숫자는 대략 백 명 남짓에 불과했으나 오랜 싸움에 지친 환사도문 입장에선 상대하기가 쉽지 않은 숫자였다. 게다가 언뜻 보아도 단순히 머릿수만 채운 것 같지가 않았다.

"아버님!"

위창이 다급한 얼굴로 달려왔다.

"대체 어떤 놈들이냐? 더 이상의 지원군은 없다고 하지 않았느냐?"

"척후들에게선 아무런 연락이 오지 않았습니다. 패천마궁 총단에서 움직인 병력은 아닌 것 같습니다."

"빌어먹을! 하면 대체 어떤 놈들이란 말이냐?"

위천이 노호성을 터뜨렸다.

"이, 일단 퇴각을 하시는 것이 어떻겠습니까?"

위창이 조심스레 말했다.

"닥쳐랏! 승리가 코앞인데."

불같이 화를 낸 위천이 피가 나도록 이를 악물었다. 그리고 위창 뒤에 대기하고 있던 만월당주 여관에게 물었다.

"몇 명이나 남았느냐?"

"스물 정도 됩니다."

"그 정도면 충분하다. 만월당이 노부와 간다."

"명을 받듭니다."

여관이 뿌듯한 얼굴로 고개를 숙였다.

"그 전에 확실하게 정리할 놈이 있지."

위천의 시선이 반개한 눈으로 새롭게 등장한 이들을 바라보는 형웅에게 향했다.

"아무리 급해도 네놈의 목숨은 거둬야겠다. 죽어라."

위천이 형웅을 향해 칼을 던졌다.

위천의 손을 떠난 칼이 가공할 파공성과 함께 형웅의 심장을 노리며 짓쳐 들었다.

"누구 마음대로."

나직한 비웃음과 함께 한 줄기 빛이 날아들었다.

꽝!

형웅을 노렸던 칼이 힘없이 튕겨져 나갔다.

전력을 다한 것은 아니라고 해도 육성 이상의 공력이 담긴 칼이 힘없이 튕겨져 나오는 것을 본 위천의 표정이 딱딱하게 굳었다.

"그대는 누군가?"

위천이 좌측에서 걸어오는 노인을 보며 물었다.

노인은 위천의 물음에는 대꾸도 하지 않은 채 비틀거리는 형웅을 향해 걸어갔다.

"네가 형웅이란 아이냐?"

입을 열 힘도 없었던 형웅이 고개를 살짝 끄덕였다.

"노부는 뇌량이라 한다. 혹 들어보았느냐? 네 의형과는 꽤나 인연이 있는 늙은이다만."

풍천뇌가의 전대 가주이자 풍월에게 유일하게 굴복하지 않고 있던 풍천뇌가의 정예들을 이끌고 달려온 뇌량이 활짝 웃었다.

제119장

경천동지(驚天動地)

눈앞의 거대한 성, 패천마궁의 총단을 물끄러미 바라보던 당령이 물었다.

"개천회는?"

"한 시진 정도면 도착할 것 같습니다."

당위안의 대답에 당령이 놀란 얼굴로 고개를 돌렸다.

"한 시진? 그렇게나 빨리? 호호호! 그 늙은이가 얼마나 화가 났는지 알겠네."

당령이 허리를 비틀며 교소를 터뜨렸다.

"하늘이 도와주고 있어. 미적거리던 환사도문이 저리 미쳐 날뛰고 개천회도 도착을 하고. 강남무림만 제때에 도착을 했다면 그 이상 바랄 것이 없었을 텐데. 그자들은 가능성이 없겠지?"

"예, 녹림과 제갈세가에 의해 발목이 잡히는 바람에 며칠은 더 걸릴 것 같습니다."

"제갈세가. 언제나 골치 아픈 작자들이야."

미간을 찌푸린 당령이 뒤늦게 도착하고 있는 서북무림을 힐끗 바라보며 말했다.

"한심하긴 저자들도 마찬가지지. 실력도 없는 것들이 누굴 노린다고."

당령은 상의도 없이 풍월을 노렸다가 오히려 몰살을 당한 서북무림의 수뇌들의 어리석은 행동에 분노를 감추지 않았다.

"그래도 끝까지 눈치를 보며 늑장을 피고 있는 화산파 놈들보다는 낫네. 그자들은 어디까지 왔지?"

"인근에 도착해 있다는 연락이 왔습니다. 반시진 이내면 합류를 할 것 같습니다."

"흥! 정말로 와야 오는 것이지. 언제 무슨 핑계를 댈지 누가 알아."

당령의 차가운 얼굴엔 화산파에 대한 불신으로 가득했다.

"어쨌거나 모두 도착을 한 것 같으니 이제 시작을 해볼까. 당 호법."

당령의 부름에 당독이 유령처럼 나타났다.

"준비는 됐지요?"

"예, 한데 어떤 것들을 먼저 움직여야 할지……."

"귀면을, 아니, 독인을 먼저 보내도록 하죠. 놈들에게 진정한 공포를 안겨주려면 그게 나을 듯하니까. 귀면은 그 뒤에 투입하세요."

"바로 준비하겠습니다."

당독이 물러나자 당령이 당위안에게도 명을 내렸다.

"서북무림 종자들에게도 전해. 정문은 우리가 뚫을 테니까 정문이 뚫리면 곧바로 진입을 하라고."

"알겠습니다."

명을 받은 당위안이 물러나려 할 때 당령이 다시금 그를 불러 세웠다.

"승천원에 처박혀 있는 풍월 그놈은 아직도야? 우리가 이곳을 공격하는 것을 알고 있을 텐데."

"마지막 보고까지는 여전히 움직이지 않고 있다지만 이미 움직였을 가능성이 높습니다."

"그렇지? 나도 그렇게 생각해. 흠, 누구를 보내서 그놈을 상대케 해야지?"

"화산파는 어떻겠소? 곧 도착을 한다고 하니 그들에게 풍월을 맡기는 것도 괜찮을 것 같은데."

장로 당중의 건의에 당령이 고개를 갸웃거렸다.

"화산파 놈들이 최고이긴 하지요. 한데 제때에 온다는 보장이 없잖아요. 도무지 믿을 수가 없어."

잠시 고민하던 당령이 공격 준비를 하느라 부산을 떠는 서북무림을 돌아보며 말했다.

"무당과 종남파를 후위로 돌리는 것이 좋겠네요. 패천마궁에서 우회를 한 적들이 있다는 식으로 적당히 핑계를 대고. 시간을 끌다 보면 화산파 놈들도 도착을 하겠지요. 아예 오지 않을 수는 없을 테니까."

"그렇게 조치를 하겠소."

당중이 무거운 표정으로 물러났다. 무당과 종남파를 희생시키려는 것이 마음에 걸렸으나 동의하지 않을 수가 없었다.

*   *   *

"당가가 공격을 시작했다고 합니다."

사마조의 보고를 받은 사마용의 미간에 깊은 주름이 생겼다.

"잠시 휴식을 취한다."

명을 내린 사마용이 바위에 걸터앉아 물었다.

"자세히 설명해 보거라. 우리를 기다리기로 하지 않았느냐?"

"환사도문의 공격으로 패천마궁의 병력이 상당히 이동을 했다고 합니다. 그 기회를 노린다고 하는군요."

사마조의 설명에 깊게 패인 사마용의 주름이 살짝 풀어졌다.

"하긴 그들 입장에서도 놓치기 싫은 기회겠지. 환사도문의 문주가 죽었다고?"

"예, 형웅에게 암살을 당한 것 같습니다. 그만한 능력을 보유한 살수는 오직 그놈뿐입니다."

"그래서 위천이 저리 미쳐 날뛰는 것이고."

"예."

"우리 입장에선 나쁘지 않구나. 아니, 오히려 최고의 상황이라고 해야겠군. 패천마궁이나 환사도문이나 어차피 골치 아픈 놈들이니까."

"당가에 환사도문을 넘겨준다는 약속도 큰 무리 없이 지킬 수 있을 것 같습니다. 다만 생각한 것만큼의 피해는 없을 것 같습니다."

"그래, 그건 좀 아쉽구나. 양패구상 정도면 최상의 결과일 텐데 말이다."

아쉬움을 뒤로한 사마용이 휴식을 취하고 있는 금검단과 은검단을 바라보다 문득 물었다.

"흑귀대는 언제 합류한다고 하더냐?"

"이미 이쪽으로 오고 있습니다. 지금 속도라면 곧 합류할 것 같습니다."

"잘됐구나. 이곳에서 합류하여 함께 이동하자꾸나. 혹여 당가나 서북무림 놈들과 쓸데없는 충돌은 벌이지 않았다더냐?"

"예, 그렇지 않아도 몇 번 충돌할 뻔한 것 같습니다만 큰 문제는 없었습니다. 저들도 의식적으로 피한다고 하더군요."

"당가의 말이 제대로 먹혔나 보구나."

"예."

"그건 그렇고……."

사마용의 눈빛이 차갑게 빛나기 시작했다.

"풍월의 움직임은 확인이 되었느냐?"

"예, 당가에서 보내준 정보에 의하면 승천원에서 이탈하여 패천마궁으로 향하고 있다고 합니다."

순간, 사마용의 전신에서 살기가 뿜어져 나왔다.

"위기라고 생각한 모양이군. 하긴 환사도문과 당가의 협공이니까. 결국 놈과 마주하는 것은 패천마궁의 총단이 되겠구나."

"그렇습니다. 아, 그 전에 저는 먼저 이동하여 당가와 합류를 하겠습니다."

"괜찮겠느냐? 지금 같은 상황에서 굳이 갈 필요까지는 없을 것 같은데."

"혹시 모르니까요. 쓸데없는 분란을 피하기 위해서라도 볼모로서의 역할을 충실히 할 생각입니다."

사마조가 걱정하지 말라는 듯 환히 웃었다.

"그래, 부탁하마."

사마용이 미안한 표정으로 사마조의 어깨를 두드렸다. 아무리 손을 잡았다고 해도 볼모로 간다는 것은 그만큼 위험을 감수하는 일이기 때문이었다.

하지만 그들은 몰랐다. 그들이 상상도 할 수 없는 위험이 이미 코앞까지 접근해 있다는 것을.

개천회의 병력이 휴식을 취하는 곳에서 대략 오십여 장 떨어진 언덕. 은밀히 몸을 숨긴 풍월과 황천룡이 적들을 살피고 있었다.

"대충 백이십 정도네. 생각보다 너무 많은데."

황천룡이 잔뜩 긴장한 얼굴로 말했다.

"그래도 기세는 일전에 싸웠던 놈들보다는 못합니다. 많이 지쳐 보이기도 하고."

풍월이 아무렇게나 널브러져 휴식을 취하는 적들을 가리키며 말했다.

"우리가 예상한 것보다 거의 배는 빠르게 이동했으니까요. 그만큼 무리를 했다는 것이지요."

은혼의 말에 굳었던 황천룡의 낯빛이 조금 펴졌다.

"어떻게 할 거야? 바로 덮칠 거야?"

황천룡의 물음에 풍월이 고개를 저었다.

"아니요. 그렇게 되면 피해가 너무 커요. 지쳤다고는 해도 다들 만만찮은 실력을 지니고 있습니다. 특히 상당한 고수들이 포진해 있어요."

풍월은 수하들과 조금 떨어진 곳에서 휴식을 취하는 자들을 바라보며 말했다. 먼 거리에서도 느껴지는 존재감만 보더라도 그 실력을 익히 알 수 있었다.

"그럼 어쩔 생각이야?"

"최대한 숫자를 줄여야지요."

"기습? 천마대와 함께?"

"아니요. 혼자 갑니다."

"궁주님!"

위지평이 깜짝 놀라 소리쳤다.

"저희들이 모시겠습니다."

"아니, 함께 가면 좋겠지만 그 전에 들켜. 그래선 기습이 안 된다."

위지평의 의견을 단호히 뿌리친 풍월이 천천히 몸을 일으켰다.

"다들 대기했다가 내가 공격을 시작하는 시점과 맞춰서 일제히 공격을 시작한다."

"그래, 알았다."

황천룡은 곧바로 수긍을 했지만 물선과 위지평은 쉽게 대답하지 못했다. 불만이라기보다는 풍월의 안위를 걱정하는 모습이었다.

"먼저 움직여선 안 된다. 반드시 내 공격이 시작된 이후에 공격을 펼쳐라."

"존명!"

물선과 위지평이 동시에 명령을 받았다.

"아, 위지평."

"예, 궁주님."

"밀은단에서 해줘야 할 일이 있다."

위지평이 환한 얼굴로 소리쳤다.

"맡겨만 주십시오."

위지평에게 개천회 수뇌들의 이목을 끌라는 명을 내린 풍월은 크게 우회하여 금검단과 은검단이 휴식을 취하는 곳과 인접한 숲으로 이동을 했다.

수풀에 몸을 숨긴 채 자하신공과 천마대공을 극성으로 운기하기 시작했다.

단전에서 일어난 폭발적인 두 기운이 전신의 세맥과 기경팔맥을 휘돌아 다시 단전으로 몰려들었다.

숲에서 적들이 있는 곳까지의 거리는 대략 삼십여 장. 가까운 거리라고 할 수는 없지만 뇌운보의 속도를 감안하면 딱히 먼 거리도 아니었다.

준비를 끝낸 풍월이 지그시 눈을 감고 전장 전체를 관조하기 시작했다. 그 어떤 미세한 기운도 풍월의 이목을 벗어나지 못했다.

풍월의 눈이 번쩍 떠졌다. 눈을 뜬 순간, 이미 그의 몸은 적들을 향해 질주하기 시작했다.

삼십여 장의 거리를 단 세 번의 도약으로 좁혀 버린 풍월의 좌수에선 자하검법이, 우수에선 천마무적도의 가공할 초식이 펼쳐졌다.

"위, 위험하다!"

풍월의 존재를 가장 먼저 눈치챈 사마용이 기겁하며 외쳤다.

하지만 늦었다. 평소의 그라면 풍월이 살기를 드러내는 시점에서 이미 눈치를 챘겠지만, 때마침 풍월의 명을 받은 위지평이 그를 비롯해 개천회 수뇌들의 신경을 교묘하게 건드리고 있었다.

물론 이목을 빼앗긴 것은 찰나의 순간에 불과했다. 그렇다 해도 그 차이는 컸다.

사마용이 경고를 했을 때 풍월은 절반 이상의 거리를 좁혔고, 금검단과 은검단이 경고에 반응을 시작했을 때 그들의 머리 위로 풍월의 공격이 쏟아져 내렸다.

　자하검법과 천마무적도의 가공할 기운이 거의 무방비 상태나 다름없는 금검단과 은검단에 작렬했다.

　처음부터 작심하고 펼친 공격이다.

　전력을 다해 펼친 자하검법과 천마무적도의 위력은 그야말로 경천동지. 엄청난 폭음과 충격파가 금검단과 은검단을 휩쓸었다.

　"이놈!"

　어느새 달려온 사마용과 사마풍이 풍월을 향해 검을 뿌렸다.

　풍월의 신형이 흐릿해지는가 싶더니 연기처럼 사라지고 두 사람의 공격 또한 허무하게 빗나갔다.

　궁극의 뇌운보로 두 사람의 공격을 피해낸 풍월이 허공에서 모습을 드러냈다.

　마치 계단을 밟고 내려오는 듯한 풍월의 모습에 금검단과 은검단원들의 눈이 휘둥그레졌다. 그야말로 전설에서나 들어봤던 허공답보(許空踏步)의 경지였다.

　"정신 차렷!"

　순간적으로 풍월을 놓친 사마용이 벼락같이 외쳤지만 그의 외침이 끝나기도 전, 풍월이 휘두른 묵운과 묵뢰가 적들을 휩쓸고 있었다.

개중에는 빠르게 반응하여 풍월의 공격을 막으려고 시도한 자들도 있으나 애당초 검과 도에 담겨 있는 위력 자체가 달랐다.

공격에 휩쓸린 자들 중 살아남은 사람은 아무도 없었다.

"모두 물러서라!"

울부짖는 듯한 사마용의 외침에 금검단과 은검단이 풍월을 피해 빠르게 물러났다.

풍월은 그들을 이대로 보낼 생각이 없었다.

손에 들렸던 묵운과 묵뢰가 사라졌다.

빛살처럼 날아간 묵운과 묵뢰가 물러나는 적들을 덮쳤다.

처절한 비명이 전장을 뒤흔들고 비명이 끝난 자리에 그들이 흘린 피가 안개처럼 뿌려졌다.

사마용과 사마풍이 묵운과 묵뢰를 쳐내지 않았다면 피해는 더욱 늘었을 터. 묵운과 묵뢰를 회수하는 풍월의 표정에는 아쉬움이 가득했다.

하지만 아쉬워하기엔 적들의 피해가 너무도 극심했다. 기습적으로 이어진 공격에 목숨을 잃은 금검단과 은검단의 숫자는 무려 오십여 명. 무려 사 할이 넘는 인원이 눈 깜짝할 사이에 사라진 것이다.

"와아아아아!"

사방에서 함성이 들리고 풍월이 공격을 시작하는 것과 동시에 내달린 녹림과 천마대가 전장에 도착했다.

"네… 놈이 풍월이냐?"

사마용이 분노로 이글거리는 눈빛으로 물었다. 전신에서 뿜어져 나오는 살기는 금방이라도 폭발할 것 같았다.

"당신이 개천회주요?"

되묻는 풍월의 음성은 상대적으로 여유가 있었다.

*　　　　*　　　　*

"정문이 뚫렸습니다."

사유의 다급한 보고에 순후의 안색이 확 변했다.

"이렇게나 빨리……."

얼마 버티지 못할 것이라는 것은 알고 있었지만 예상보다 훨씬 빨리 뚫렸다.

"당가에서 독인을 앞세워 파상 공세를 펼치고 있습니다. 백골문이 죽을힘을 다해 막고는 있지만 피해가 너무 큽니다. 얼마 버티지 못할 것이란 전언입니다."

"노부가 가겠다."

패천마궁의 유일한 장로 미천고가 굳은 표정으로 말했다.

당연히 말려야 했으나 차마 그럴 수가 없었다.

"부탁드립니다, 장로님."

순후가 침통한 표정으로 고개를 숙였다.

"목숨을 걸고 막아낼 테니 너무 걱정하지 말게. 한데 군사."

"예, 장로님."

"궁주님은 언제쯤 도착하실 것 같은가?"

"그건……."

순후는 쉽게 입을 열지 못했다.

"궁주께선 당가보다 개천회가 더 위험하다고 판단하신 것 같은데, 뭐가 맞는 것인지 솔직히 노부는 잘 모르겠네."

"보이는 칼과 보이지 않는 칼의 차이라고 보시면 될 겁니다."

"당가는 보이는 칼이고, 개천회는 보이지 않는 칼이라는 말인가?"

"예, 당가와는 달리 개천회는 언제든지 음지로 숨어들 수 있습니다. 궁주께선 지금이 아니면 이런 기회를 얻기 힘들다고 판단하신 것 같습니다."

"그래, 개천회. 이 모든 사달의 원흉이지. 하지만……."

무슨 말인가를 하려던 미천고는 짧은 한숨을 내뱉으며 고개를 저었다.

"아닐세. 궁주께서 그렇게 판단했다면 그만한 이유가 있는 것이겠지. 노부는 그저 궁주께서 도착하실 때까지 어떻게든 버텨내기만 하면 되는 것이고."

"흑룡묵가와 혈검문의 정예들을 투입하겠습니다. 그들이라면 큰 힘이 될 것입니다."

미천고는 순후가 패천마궁이 보유하고 있는 가장 큰 전력이라 할 수 있는 두 문파를 조기에 투입한다는 말에 깜짝 놀라는 표정을 지었다. 그들이야말로 패천마궁을 지키는 최후의 보루나 마찬가지였기 때문이다.

"그들을 벌써?"

"당가가 독인을 앞세웠습니다. 여력을 남겨두고 싸울 상황이 아닙니다."

순후의 말에 미천고의 눈빛이 살짝 어두워졌다. 처음부터 변수가 발생한다는 것은 패천마궁에 결코 좋은 현상이 아니었다.

＊　　　　＊　　　　＊

"크으으으!"

뇌량의 입에서 고통스러운 신음이 흘러나왔다.

힘없이 비틀거리는 그의 몸에 정확히 세 자루의 칼이 박혀 있었다. 어깨와 허벅지, 그리고 가슴에 한 자루. 특히 가슴에 박힌 칼은 치명적이었다.

"쿨럭!"

뇌량이 허리를 꺾으며 피를 토해냈다. 붉다 못해 검은 빛의 피가 한참이나 쏟아졌다.

뇌량이 숙였던 허리를 폈다.

한바탕 피를 토하고 나니 고통도 사라진 것 같고 흐려지던 정신도 조금은 맑아진 것 같았다.

전장을 둘러보았다. 나름 치열할 것이라 여겼던 싸움은 생각보다 빨리 마무리가 되고 있었다. 과거 패천마궁을 지탱하던 기둥이자 마련을 이끌었던 풍천뇌가의 전력은 그만큼 막강했다.

"괜찮으십니까, 어르신?"

죽음의 순간, 뇌량에게 극적으로 구원을 받은 형웅이 걱정스러운 얼굴로 다가왔다. 잠깐이나마 운기조식을 해서 그런지 창백했던 낯빛에 조금은 혈기가 돌아왔다.

"그 꼴을 한 네가 할 말은 아닌 것 같다만."

뇌량은 부러진 채 흔들거리는 왼팔과 윗옷으로 칭칭 동여맸음에도 여전히 피가 배어 나오는 형웅의 상처를 보며 헛웃음을 흘렸다.

"견딜 만합니다. 한데 어르신의 부상이……."

뇌량의 가슴에 박힌 칼에 시선을 둔 형웅은 말을 아꼈다.

설사 화타가 환생한다고 해도 회복시킬 수 없는 치명적인 부상이었다.

"괜찮다. 육도마존의 무공에 이만하면 잘 버틴 것이지. 노부가 실전된 뇌정마존 조사님의 무공만 익힐 수 있었다면 결과는 달라졌을 것이다. 그래도 아쉽지는 않다. 결국 이렇게 보게 되었으니까."

뇌량은 벼락 치는 소리와 함께 뭉개지는 위천의 모습을 보며 희미한 웃음을 지었다.

"아버님!"

뇌량과의 싸움에서 지칠 대로 지친 위천을 단 오 초만에 어육으로 만들어 버린 뇌명이 참담하게 일그러진 얼굴로 달려왔다.

"훌륭했다. 같은 벽력신권이건만 이전과는 전혀 다른 위력을 품고 있구나. 그것이 뇌정마존 조사님께서 남기신 무공이더냐?"

"예."

"얻는 과정이 좋지는 못했으나 네가 펼치는 모습을 보니 참으로 좋구나. 다시는 잃지 말아야 할 것이다."

"예, 아버님."

"본 가가 운이 좋아 환사도문을 막아내는 공을 세우기는 하였으나 아직 그 죄를 완전히 씻었다고는 볼 수 없을 것이다.

아울러 궁주에게 용서도 받지 못했고."

"알고 있습니다."

"설사 궁주의 처… 우가 지나치다 여겨… 도 감… 내하거라. 그 또한 본 가… 가 패천… 마궁에, 동… 료들에게 지은 죄… 를 씻는 속… 죄의 과정이니……."

뇌량의 눈빛이 급격히 흐려지기 시작했다.

"명심하겠습니다."

뇌명이 붉게 충혈된 눈으로 고개를 숙였다.

"그래… 도 제갈… 세가 덕분에 먼저… 간 친우… 에게 부끄… 럽지는 않겠구나. 고맙… 다고 전해……."

뇌량은 마지막 말을 마치지 못하고 눈을 감았다.

"아버님!"

부친의 몸을 안아 든 뇌명이 피눈물을 흘렸다. 자신의 욕심으로 인해 부친이 얼마나 마음고생을 했는지 알기에 가슴이 찢어졌다.

울부짖는 뇌명의 모습과는 달리 아들의 품에서 조용히 잠든 뇌량의 표정은 참으로 편안해 보였다.

*　　　　*　　　　*

꽝! 꽝! 꽝!

경천동지의 싸움이 벌어지고 있었다.

회주 사마용을 중심으로 원정에 참여하지 않은 한소를 제외하고 사마풍, 사마본, 주요성, 유성화 등 십이장로 중 지금껏 살아남은 모든 장로가 풍월에게 달려들었다.

당령에게 당한 추망우를 제외한 여섯 명의 장로가 풍월에게 당한 셈이니 개천회의 입장에서 풍월은 불구대천의 원수나 다름없었다.

파스스스슷!

날카로운 파공성과 함께 사마용이 내뿜은 검강이 지면을 스치며 빛살처럼 뻗어나갔다.

사마풍이 내지른 반월형의 권강이 풍월의 전신을 압박했다.

사마본이 일 장 길이의 장창을 매섭게 휘두르며 풍월에게 달려들고, 주요성이 장창의 그림자에 숨어 풍월의 목숨을 노렸다.

한때 무형신궁(無形神弓)이란 이름으로 명성을 떨쳤던 유성화는 무형신궁이란 별호답게 딱히 어떤 형태를 갖추지 않은 화살을 연이어 날렸다.

시위를 떠난 화살이 풍월을 향해 쏟아지는 공격의 틈 사이를 교묘하게 파고들었으나, 풍월은 그때마다 몸을 슬쩍 틀며 피하거나 묵운과 묵뢰를 풍차처럼 회전시키며 화살을 막아냈다. 심지어는 이화접목의 수법을 이용해 화살의 방향을 틀어 자신을 공격하는 자들에게 역공을 가하기도 했다.

몇 번이나 강기의 화살을 날렸음에도 별다른 효과를 거두지 못하고 오히려 동료들의 걸림돌이 되자 유성화는 바싹 약이 올랐다. 이를 악물고 미친 듯이 시위를 당겼다.

한 발, 두 발, 세 발.

시위가 튕겨질 때마다 수십 갈래로 갈라진 강기가 풍월을 향해 짓쳐 들었다. 순식간에 온 세상을 덮어버린 강기의 화살을 보며 풍월도 곧바로 반응했다.

부드럽게 회전시키며 묵운을 휘둘렀다.

어디선가 향긋한 냄새가 나는 듯한 착각과 더불어 묵운이 움직이는 궤적을 따라 무수한 매화가 피어났다.

풍월을 향해 짓쳐 오던 강기들이 매화와 부딪치며 화려하게 폭발했다.

그 폭발을 꿰뚫는 한 줄기 빛이 있었다.

"크으으으!"

나직한 신음과 함께 유성화의 얼굴이 고통으로 일그러졌다.

"이 무슨 말도 안 되는……."

유성화는 뻥 뚫린 자신의 가슴을 보며 믿을 수 없다는 표정을 지었다.

비도풍뢰의 수법으로 유성화의 심장을 꿰뚫어 버린 풍월이 그의 곁을 스쳐 지나갔다.

풍월의 움직임을 따라 내리꽂힌 장창에 의해 땅이 움푹움푹 파였다.

유성화의 심장을 꿰뚫고 반대편에 있던 사마풍의 움직임마저 묶고 돌아온 묵뢰를 낚아챈 풍월이 갑자기 몸을 틀며 사마본의 품으로 뛰어들었다.

사마본의 눈동자가 살기로 번들거렸다.

"죽어랏!"

차가운 외침과 함께 장창이 가공할 기세로 들이쳤다.

구룡살(九龍殺)!

참룡창법(斬龍槍法)의 궁극적인 필살기다.

아홉 개의 창영이 풍월이 피할 수 있는 모든 방위를 차단한 채 짓쳐 들었다.

꽝!

폭음과 함께 사마본에게 달려들던 풍월의 신형이 뒤로 쭈욱 밀려났다.

사마본의 공격에 당한 것은 아니었다. 다만 사마본의 그늘에 숨어 있던 암살자의 움직임이 꽤나 위협적이기에 잠시 물러난 것뿐이었다.

기회라 생각한 사마풍이 전력을 다해 주먹을 내질렀다.

두 주먹에서 눈부신 강기가 뿜어져 나왔다.

과거 조무에게 권왕이란 자리를 안겨주었던 대력철권(大力鐵拳)이다.

풍월은 무방비 상태로 사마풍의 주먹을 맞이했다.

절체절명의 순간이다. 한데 풍월의 눈은 사마풍이 아니라 자신의 발끝으로 따라붙은 그림자에 향해 있었다. 사마본의 그늘에 숨어 있다 기회를 포착하고 달려드는 주요성이었다.

풍월의 입가에 비웃음이 흘렀다.

천하제일의 살수를 아우로 두고 있는 자신에게 암습을 하려는 적의 행태가 우습기만 했다.

차갑게 웃는 풍월의 몸에 사마풍의 주먹이 작렬했다. 그 즉시 극성으로 뇌운보를 펼쳤다.

사마풍의 힘에 뇌운보의 움직임이 더해지자 그 움직임은 가히 빛살 같았다.

"크악!"

후미에서 외마디 비명이 터져 나왔다.

비명의 주인은 놀랍게도 사마풍이었다.

전력을 다해 공격을 펼쳤음에도 풍월의 전신을 보호하고 있는 천마탄강을 뚫지 못한 것이다.

일세를 풍미했던 권왕의 무공이 한낱 반탄강기를 뚫지 못했다는 사실에 사마풍은 엄청난 충격을 받았다.

저릿한 통증이 느껴지는 주먹을 멍하니 바라볼 때 사마용의 다급한 음성이 들려왔다.

"정신 차리게!"

화들짝 놀란 사마풍이 풍월의 움직임을 쫓았을 때, 풍월은 자신을 암습하려 했던 주요성의 몸통과 머리를 천근추의 수법으로 짓밟아 버리고 사마본을 향해 돌진하고 있었다.

주요성의 머리가 터져 나가는 모습에 악에 받친 사마본이 죽을힘을 다해 창을 내질렀다.

조금 전에 펼쳤던 구룡살이다. 하지만 창에 담긴 위력은 전에 비할 바가 아니었다.

풍월이 묵뢰를 움직여 천마무적도 삼초식 천마섬을 펼쳤다.

섬광이 번뜩이는가 싶더니 연속적으로 폭음이 터져 나왔다.

꽝! 꽝! 꽝!

정확히 아홉 번.

눈으로 따라잡기 힘든 쾌도가 전신의 요혈을 노리며 짓쳐드는 창의 변화를 모조리 쳐냈다.

좌수에 들린 묵운도 놀고 있지는 않았다.

물 흐르듯 펼쳐지는 자하검법이 위기에 빠진 동료를 구하기 위해 달려드는 사마용의 움직임을 완벽하게 차단하고 있었다.

풍월이 극성에 이른 자하신공을 바탕으로 자하검법을 십이 성 대성한 것은 꽤나 오래전의 일이었다. 하지만 천마무적도 의 위력이 워낙 압도적인지라 오히려 자하검법의 완성도는 상 대적으로 떨어져 있었다. 그랬던 것이 최근 들어 강자들과의 연이은 대결을 통해 변화가 생겨났다.

단순히 익혀낸 것과 완벽한 깨달음을 얻는 것은 분명 차이 가 있는 법.

몸과 마음이 완벽하게 조화를 이루며 지금껏 보이지 않던 경계의 허물을 벗고 미지의 세계에 발을 내딛을 수 있었다. 당 연히 초식의 위력도 이전과는 비교 자체가 되지 않을 정도로 강력했다.

풍월이 펼치는 자하검법에 막힌 사마용은 어이가 없었다.

자하검법을 무시하는 것은 아니나 천하제일 검공이라 불 리는 제왕검법에 자신의 심득을 더해 새롭게 창안한 무극검 법(無極劍法)이 이토록 쉽게 막히는 것은 도저히 용납할 수가 없었다.

하지만 사마용이 풍월의 자하검법을 뚫기 위해 노력하는 사이, 회심의 일격이라 할 수 있는 구룡살이 완벽하게 막힌 사마본은 풍월을 막을 방법이 없었다.

묵뢰에 담긴 강력한 힘에 사마본의 손에 들렸던 장창이 힘 없이 부러져 나갔다.

반으로 잘린 창을 낚아챈 사마본이 어떻게든 반격의 틈을 엿보려 하고, 뒤늦게 도착한 사마풍이 그를 돕기 위해 필사적으로 주먹을 내질렀으나 의미가 없었다.

모든 대응을 무력화시킨 묵뢰가 날카로운 파공성과 함께 사마본의 목을 노렸다.

"안 돼!"

사마풍의 처절한 외침에도 아랑곳없이 묵뢰는 사마본의 머리를 순식간에 날려 버렸다.

"으아아아아!"

이성을 잃은 사마풍이 미친 듯이 달려들었다. 그를 향해 움직이는 묵뢰. 한데 묵뢰가 벤 것은 사마풍의 잔상에 불과했다. 좌측에서 모습을 드러낸 사마풍이 연속으로 주먹을 내질렀다.

퍽! 퍽! 퍽!

사마풍의 주먹이 풍월의 가슴과 어깨를 두드렸다.

전력을 다했음에도 그때마다 충격을 받는 것은 오히려 사마풍이었다.

사마풍의 내력으론 구성에 이른 천마탄강을 뚫어낼 방법이 없었다. 더구나 직접적인 타격이기에 그만큼 반탄강기에 심각하게 노출되어 치명적인 타격을 입었다.

사마풍이 칠공에서 피를 흘리며 물러나자 굳이 시간을 끌 생각이 없었던 풍월이 묵뢰를 움직였다.

바로 그때, 변수가 발생했다.

자하검법을 상대하던 사마용이 무리하게 파고들다가 묵운에게 왼쪽 어깨를 꿰뚫리는 부상을 당한 것이다.

당연히 물러날 것이란 풍월의 예상과는 달리 사마용은 오히려 앞으로 몸을 쭈욱 밀어오며 손을 뻗었다.

사마용이 자신의 완맥을 잡으려 한다고 여긴 풍월이 묵운을 놓고 사마용의 팔을 낚아챘다.

서로의 팔뚝을 맞잡은 상황.

고통에 오만상을 찌푸리던 사마용의 입가에 회심의 미소가 지어졌다.

*   *   *

"명을 거둬라. 우리 모두를 죽일 셈이냐?"

당가를 돕기 위해 제자들을 거느리고 하산한 장로 도근이 더없이 분노한 눈빛으로 청천을 노려보았다.

"사형 말씀이 맞다. 이건 정말 무모한 짓이야."

장로 도연이 안절부절못하며 거들고 나섰다. 하지만 두 사람의 반발에도 청천은 아랑곳하지 않았다.

"사제는 어찌 생각하나?"

청천의 물음에 화산파를 대표하는 매화검수의 수장 청괴가
굳은 표정으로 말했다.

"사숙들 말씀대로 힘든 싸움이 될 겁니다. 전멸을 당할 수
도 있겠지요. 그러나 싸워야 한다고 봅니다."

당연히 자신들의 의견에 힘을 실을 것이라 생각했던 청괴의
엉뚱한 발언에 도근과 도연이 기겁하며 소리쳤다.

"무슨 헛소리를 하는 것이냐! 매화검수는 화산을 지탱하는
기둥이다. 어찌 사사로운 일에 희생을 시키려 한단 말이냐?"

도근의 말에 청천의 눈빛이 싸늘해졌다.

"지금 사사로운 일이라 하셨습니까?"

"아니더냐? 과거의 보잘 것 없는 인연 때문에 위험을 감수
할 수는 없다. 무엇보다 우리는 당가를 도와 패천마궁을 치기
위해 이곳에 왔다는 것을 잊어선 안 될 것이다."

"장문 사형의 뜻은 아니었습니다."

청천은 사숙조 송엽을 비롯해 여러 사백, 사숙들이 장문 사
형을 압박하던 모습을 떠올리며 분노를 감추지 못했다. 몇몇
사숙들이 장문 사형을 위해 애썼지만 중과부적.

결국 화산파는 당가를 돕기로 결정을 내렸다.

"아니라면 그때 확실하게 아니라고 밝혔어야지. 이제 와서
이게 무슨 짓이란 말이냐? 신의가 걸린 문제다. 뭇 군웅들이
우리 화산을 어찌 생각하겠느냐?"

도근이 점잖게 꾸짖었지만 오히려 청천의 반발만 샀다.

"개천회의 주구를 막는 것이 어째서 신의에 어긋난다는 말입니까? 놈들로 인해 본 문이 어떤 꼴을 당했는지 잊으셨습니까?"

청천의 날카로운 지적에 도근은 듣기 싫다는 듯 고개를 저었다.

"그런 상황에서 우리를 도와준 것이 당가다. 그들이 아니었으면……."

"풍 궁주의 도움 또한 당가에 못지않았습니다. 아니, 어쩌면 그 이상이라 할 수도 있지요."

청괴의 말에 도은의 안색이 제대로 일그러졌다.

"시끄럽다. 아무튼 공격은 용납할 수가 없으니 그리 알거라."

"책임자는 접니다, 사숙."

청천의 말에 도근이 언성을 높였다.

"그랬기에 지금껏 참아온 것이다. 네가 일부러 시간을 끌며 합류를 늦춰도 애써 눈을 감은 것이고. 하지만 더 이상은 아니다."

도근이 최후의 통첩을 하듯 외치자 한숨을 내쉰 청천이 품에서 흑단목으로 만든 신패 하나를 꺼내 들었다.

신패의 중앙에는 매화가 검을 품고 있는 듯한 그림이 양각으로 새겨져 있었다.

화산파 장문영부 매화검령(梅花劍令)이다.

"너, 너!"

도근의 두 눈이 찢어질 듯 부릅떠졌다.

"그, 그것이 어째서 네 손에 있는 것이냐?"

도근의 목소리가 절로 떨렸다.

"장문 사형이 제게 주셨습니다. 아마도 지금과 같은 상황을 예견한 것이겠지요. 설마 두 분 사숙께서 매화검령의 권위를 부정하지는 않으시겠지요?"

"……."

도근은 말없이 청천을 노려보았고 도연은 당연하다는 듯 고개를 끄덕였다.

"무, 물론이다."

"사숙께선 어째서 말씀이 없으십니까?"

청천이 딱딱히 굳은 눈빛으로 도근을 바라보며 물었다.

"인정… 한다."

어떤 상황에서도 매화검령의 권위는 절대적인 것.

도근은 치미는 분노를 필사적으로 참으며 고개를 끄덕였다. 그제야 굳은 표정을 푼 청천이 청괴를 비롯해 숨죽인 채 상황을 지켜보던 화산파의 제자들에게 명했다.

"혹귀대를 친다. 안내를 부탁해도 되겠습니까?"

청천이 좌측으로 시선을 돌리며 물었다.

"물론입니다."

흑귀대의 움직임을 청천에게 알린 개방의 제자가 환히 웃으며 몸을 숙였다.

*　　　　*　　　　*

풍월은 의아했다. 사마용이 왜 그렇게 무리해서 자신에게 접근했는지 이해가 되지 않았다.

'설마 내력 대결을?'

서로 맞잡은 팔뚝을 통해 막대한 내력이 흘러들어 오자 언젠가 북리연과 펼쳤던 내력 대결이 떠올랐다. 당시 그녀는 자신의 음한지기를 믿고 내력 대결을 펼쳤고 그로 인해 목숨을 잃었다.

'그녀보다 강하다는 것은 알겠지만…….'

잠깐에 불과했지만 사마용의 내력이 북리연보다 훨씬 강력하다는 것을 느낄 수 있었다. 하지만 내력 싸움이라는 것도 몸의 상태가 어느 정도는 뒷받침되어야 가능한 것이다.

지금처럼 몸의 부상을 감수하고 무리하게 싸움을 걸어봤자 오히려 역효과만 날 가능성이 높았다.

풍월의 의문은 오래가지 않았다.

무자비하게 밀고 들어오던 내력이 갑자기 방향을 바꿔 썰물

처럼 빠져나가기 시작했다. 문제는 자신의 내력까지 빨려들어
간다는 것.

'흡… 기?'

그제야 사마용의 의도를 정확히 파악할 수 있었다. 자신이
익히고 있는 흡기와는 성격이 조금 달랐으나, 어쨌거나 사마
용이 펼치고 있는 것은 흡성대법이다.

자신의 내력이 급격히 빨려 나가는 것을 느낀 풍월이 미간을
찌푸렸다. 풍월의 반응을 느낀 사마용이 회심의 미소를 지었다.

풍월이 흡성대법을 이용해 상대의 내력을 갈취한다는 것을
확인한 사마용 역시 흡성대법에 손을 댔다.

상대의 내력을 갈취해 쉽게 내력을 증진시킨다는 장점이 있
는 반면에 자칫하면 성질이 다른 내력을 흡수함으로써 오히려
심각한 부작용을 일으킬 수도 있는 위험이 있다. 하지만 하루
가 다르게 압도적으로 강해지는 풍월을 보며 결국 손을 대고
말았다.

사마용이 익힌 흡성대법은 삼백 년 전, 무림공적으로 지목
되어 참살당한 백미천존(白眉天尊)이 창안한 것이었다.

전진파 계열의 도인으로서 우연찮게 흡성대법의 원리를 발
견한 그는 상대의 내력을 갈취해 빠르게 강해질 수 있다는 유
혹을 이겨내지 못하고 수많은 희생자를 발생시키다 결국 무림
공적으로 몰려 목숨을 잃고 말았다.

지금껏 수많은 흡성대법이 만들어졌지만 백미천존이 창안한 흡성대법만큼 효과적이고 강력한 흡성대법은 등장하지 않은 터.

이를 이용하면 풍월보다 더 강해질 수 있을 것이라 여긴 사마용은 결국 금단의 무공에 손을 대고 말았고, 자신이 예상한 것보다 훨씬 빠르게 강해질 수 있었다.

막강한 내력을 바탕으로 풍월과의 대결에서도 승리를 자신했다. 물론 착각이었다.

천마의 무공도 아니고 고작 화산파의 자하검법도 뚫지 못했다는 것에서 엄청난 자괴감을 느낀 사마용은 풍월과의 정상적인 대결에선 승리할 가능성이 없다고 판단하고 곧바로 모험을 감행했다.

상대의 무공이 강하다면 그 근원을 없애 버리면 그만이었다. 그 과정에서 팔 하나를 내주었지만 상관없었다. 흡성대법에 걸린 풍월은 모든 것을 내놓아야 할 테니까.

'어린놈의 내력이 실로 대단하구나!'

사마용은 노도처럼 밀려드는 풍월의 내력에 놀라움을 감추지 못했다.

세상에 자신보다 강한 내력을 지닌 자는 없을 것이라 단언했으나 어쩌면 풍월이 더 강할 수도 있다는 생각을 하게 됐다. 아울러 그런 상대에게 흡성대법을 펼친 것이야말로 최고의 선택이란 생각도 했다.

하지만 사마용은 두 가지의 결정적인 실수를 범했다.

첫째는 풍월이 성질이 다른 내력을 동시에 운용할 수 있다는 것이다.

자하신공을 바탕으로 한 내력이 급속도로 빨려가는 것을 느낀 풍월이 즉시 묵뢰를 던졌다.

빛살처럼 날아간 묵뢰가 비틀거리는 사마풍의 목을 꿰뚫고 돌아왔다.

묵뢰를 이용하여 사마용의 숨통까지 끊어버릴까 생각하던 풍월이 무슨 생각인지 묵뢰를 회수한 뒤 땅에 꽂았다. 그러고는 오른팔로 축 늘어진 사마용의 왼팔을 낚아챘다.

사마용의 결정적인 두 번째 실수는 풍월 역시 그가 익힌 흡성대법과 비슷한 흡기라는 무공이 있다는 것을 간과한 것이다. 아니, 정확히 말하자면 과신한 것이다. 자신의 흡성대법이 풍월의 것을 당연히 능가할 수 있다고.

고금제일인이라는 천마의 무공이다.

백미천존의 흡성대법이 아무리 대단하다고 해도 자신을 배신한 제자들의 무공을 모조리 회수하고자 하는 일념에서 창안한 흡기에 비할 바는 아니다.

사마용이 그것을 깨닫는 데는 찰나의 시간도 걸리지 않았다.

'이, 이게 대체……'

여유 있는 표정으로 풍월의 내력을 갈취하던 사마용의 안색이 딱딱하게 굳었다.

자신이 빨아들이는 것보다 훨씬 빠르게 내력이 사라지고 있는 것이 아닌가!

사마용은 풍월 역시 자신에게 흡성대법을 사용하고 있다는 것을 곧바로 깨달았다. 그제야 상대가 동시에 두 가지 내력을 운용할 수 있다는 것을 떠올리며 이를 악물었다. 설마하니 이런 식으로 대응을 할 줄은 꿈에도 상상하지 못했다.

흡성대법을 포기하고 물러나는 것이 나을 수 있다는 생각을 했으나 그러기엔 너무 늦었다.

풍월의 팔을 낚아채기 위해 희생한 왼팔의 부상도 뼈아팠고, 그 팔을 잡고 있는 풍월이 순순히 포기할 것이란 생각도 들지 않았다.

결국 그가 선택할 수 있는 것은 하나뿐이었다.

사마용이 온 힘을 다해 흡성대법을 펼치자 풍월의 몸에서 엄청난 속도로 내력이 사라졌다. 하지만 그 이상으로 다시금 내력이 채워졌다.

사마용의 입장에선 그야말로 악순환일 뿐이다.

그가 갈취한 풍월의 내력은 아직 그에게 동화되지 않았다. 물론 그건 사마용의 내력을 갈취한 풍월 또한 마찬가지다. 다만 차이가 있다면 풍월에겐 천마심공의 막강한 내력이 그대로 남아 있었다.

그 차이는 컸다.

사마용이 풍월의 내력을 거의 갈취했을 때 그 역시 대부분의 내력을 잃고 말았다. 그것으로도 부족해 어느 순간부터는 그가 갈취한 풍월의 내력마저 풍월에게 되돌아가고 있었다.

'아, 안 돼!'

절규하는 사마용의 안색이 시꺼멓게 변해갔다.

막으려 해도 방법이 없었다.

눈처럼 하얗던 사마용의 백발이 생기를 잃더니 힘없이 빠지기 시작했다.

나이에 어울리지 않게 팽팽하던 피부도 쩍쩍 갈라지며 고목나무의 껍질처럼 말라비틀어졌다.

풍월의 팔뚝을 힘주어 잡고 있던 팔이 축 늘어졌다.

한쪽 무릎이 굽혀지는가 싶더니 이내 힘없이 주저앉았다.

"안 돼!"

초조하게 싸움을 지켜보던 사마조가 비명을 내지르며 달려들었으나 천마탄강에 부딪쳐 힘없이 튕겨져 나갔다. 정신을 잃은 것인지 한두 번 움찔대다가 이내 잠잠해졌다.

사마조가 정신을 잃고 쓰러졌을 때 풍월 역시 사마용의 손을 놓고 물러났다.

모든 내력은 물론이고 생기마저 사라진 사마용은 살아 있는 시체라고 불러도 무방할 만큼 형편없이 쪼그라들어 있었다.

빛을 잃은 눈동자엔 이미 죽음의 기운이 스며들었다.

천하를 좌지우지하던 효웅의 처참한 모습에 풍월의 입에선 한숨이 흘러나왔다.

"네, 네… 놈 때… 문에 수백… 년의 대… 업이 노… 부의 대에… 서……."

사마용은 마지막까지 반성을 하지 않았다. 그 과정에서 얼마나 많은 피가 흘렀는지 전혀 생각하지 않고 그저 원망을 할 뿐이었다. 잠시나마 연민의 눈으로 그를 바라보던 풍월의 눈빛이 차가워졌다.

"그런 헛소리는 당신들 때문에 억울하게 목숨을 잃은 수많은……."

소리치던 풍월이 말을 멈추고 허탈한 웃음을 지었다. 이미 숨이 끊어진 상대에게 통할 말이 아니었다.

사마용의 죽음을 확인한 풍월이 전장을 향해 고개를 돌렸다. 싸움은 여전히 치열했지만 승기는 분명 녹림과 천마대가 잡고 있었다.

풍월이 펼친 기습에 은검단보다는 상대적으로 금검단원들의 피해가 컸던 것이 주효했고, 무엇보다 천마대 개개인의 실력이 상대를 압도했다. 물론 녹림의 선전도 큰 도움이 되었다.

잠시 고민하던 풍월이 자리에 주저앉았다.

싸움에 끼어들어 아군의 피해를 줄이고 싶은 마음이 컸으나 불협화음을 일으키고 있는 그의 내력을 다스리는 것이 우선이었다. 무엇보다 빼앗겼다가 다시금 찾은 자하신공의 내력을 완전히 회복시켜야 했다.

가부좌를 틀고 운기조식을 시작하려 할 때 낯선 자들의 기운이 느껴졌다.

꽤나 익숙한 기운이다. 그들이 흑귀대임을 확인한 풍월의 표정이 심각하게 굳어졌다.

흑귀대라면 천마대에 못지않은 괴물들. 그들이 싸움에 참여하면 아군의 피해는 물론이고 자칫하면 승리가 날아갈 수 있었다.

운기조식이 아무리 급하다고 해도 승리와 바꿀 수는 없었다. 심호흡을 한 풍월이 천천히 몸을 일으켰다.

바로 그때, 흑귀대의 뒤에서 그들이 발산하는 살기와는 전혀 다른 기운이 느껴졌다.

의문도 잠시, 자색 무복을 휘날리며 전장에 뛰어드는 무인들. 그들을 정체를 알아본 풍월의 입가에 지금껏 볼 수 없었던 환한 미소가 지어졌다.

제120장

대회전(大會戰)

"끄끄끄끅!"

무차별적으로 아군을 학살하던 독인이 가슴에 박힌 창을 잡고 괴음을 터뜨렸다.

"뒈져랏!"

백골문주 염위가 독인의 목을 후려쳤다. 목이 꺾였음에도 발악을 하던 독인은 목이 완전히 잘려 나간 다음에야 비로소 숨이 끊어졌다.

"미치겠군. 대체 어디서 이런 괴물을……."

염위가 질린 표정으로 독인의 시신을 걷어찼다.

"조심하십쇼. 놈들이 흘리는 피조차도 극독입니다."

염위를 위기에서 구해낸 혈문의 소문주 파종이 독인의 가슴에 박힌 창을 빼며 말했다.

"그나저나 너무 많습니다. 한 놈 해치우는 데도 이리 버거운데."

파종은 전장 곳곳에서 맹활약을 하는 독인을 보며 절망적인 표정을 지었다.

선두에서 패천마궁 총단을 공격한 독인은 무려 칠십여 구에 이르렀다. 그들은 눈 깜짝할 사이에 정문을 돌파하고 대기하고 있던 패천마궁 무인들을 유린했다.

패천마궁에서도 독인들을 잡기 위해 온갖 방법을 강구했다. 하지만 금강불괴 수준의 단단한 몸뚱이에 온몸이 극독으로 이뤄진 독인을 제지하기가 쉽지 않았다.

그나마 당가가 독인을 만들어냈다는 정보를 접하자마자 전력을 다해 확보한 벽력탄과 화기에 능통한 폭렬문(爆裂門) 무인들의 자폭에 가까운 희생 덕분에 일부나마 숫자를 줄이는 데 성공했다. 그래도 거의 사십 구에 가까운 독인이 여전히 활개를 치며 패천마궁 무인들을 공격했다.

"이 괴물들이 지독하다는 것은 진작부터 알고 있었지만 막상 상대를 해보니 소문으로 듣던 것보다 더욱 지독하군."

"예, 무공만 따지자면 몇몇을 제외하고는 상대하지 못할 정도는 아닌데, 몸뚱이가 워낙 단단해서 쉽지가 않습니다. 게다가 죽음에 대한 공포도 없으니······."

파종은 한순간의 여유도 없이 무작정 덤벼대는 독인의 저돌성에 치를 떨었다.

"그런 독인들을 몇이나 쓰러뜨린 풍천뇌가 가주님의 무위는 실로 대단합니다."

파종의 시선이 풍천뇌가 수뇌들을 이끌고 독인들과 치열한 대결을 펼치고 있는 뇌명에게 향했다. 힘겨워 보이는 것은 틀림없으나 일방적으로 밀리지도 않았다.

"그래 봤자 배신자에 불과한 자들이다."

염위는 패천마궁을 배신하고 마련을 이끌었던 풍천뇌가의 귀향을 그리 반기지 않았다. 다만 상황이 어쩔 수 없어 용인할 뿐이었다.

"노여움을 푸시지요. 풍천뇌가 합류하지 않았다면 놈들의 파상 공세에 끝장이 났을 겁니다."

"흥!"

염위가 콧방귀를 뀌며 고개를 돌렸으나 딱히 부정하지는 않았다.

그의 말대로였다. 미천고가 지원군을 이끌고 전장에 도착했지만 그들만으로 독인을 막기는 역부족이었다. 게다가 절심단인가 뭔가 하는 약을 복용한 귀면들까지 날뛰는 바람에 전세는 급격히 악화가 되었다.

그때 등장한 것이 풍천뇌가였다.

풍천뇌가의 대장로 뇌운이 식솔들을 이끌고 도착했다. 그리고 반 시진 후, 가주 뇌명과 풍천뇌가의 진정한 정예들이 환사도문을 괴멸시키고 합류했다.

환사도문을 괴멸시킨 풍천뇌가 정예들의 전력은 대단했다. 급격히 무너지던 전세를 완전히 뒤집지는 못했으나 어느 정도 균형추를 맞추는 데 성공을 했다.

풍천뇌가의 활약으로 오랜 싸움에 지쳤던 이들이 잠시 물러나 휴식을 취할 여유도 생겼고, 지원군이 도착할 시간도 벌었다.

독인을 앞세운 당가의 공세에 놀라 다소 소극적으로 움직이던 사천, 서북무림의 무인들이 본격적으로 싸움에 개입한 것이 바로 이 시점이었다.

풍월에 의해 상당한 전력이 이탈을 했음에도 사천, 서북무림 정예들의 실력은 만만치가 않았다.

패천마궁에 비해 수적으론 훨씬 적었으나 전장의 분위기를 휘어잡은 것은 오히려 그들이었다.

특히 풍월에게 막대한 피해를 당한 무당과 종남파의 무인들은 그 복수를 하기라도 하듯 무서운 기세로 공격을 했고, 이에 질세라 다른 문파들까지 힘을 내며 패천마궁을 궁지로 몰아넣었다.

그때 등장한 것이 바로 개천회를 괴멸시킨 녹림과 천마대였다. 개천회와의 처절한 싸움을 말해주듯 처음에 비해 숫자는 절반으로 줄고 대부분이 크고 작은 부상에 시달렸지만, 그들의 합류로 숨통을 트일 수가 있었다.

"한데 궁주께선 언제 도착하시는 겁니까?"

다시금 전장으로 뛰어들려던 파종이 고개를 돌려 물었다.

"모르겠네. 천마대가 도착한 것을 보아 곧 도착하실 것 같기는 한데……."

염위는 말을 아꼈다. 상황이 워낙 다급한지라 그 역시 제대로 설명을 듣지 못했다. 그저 운기조식 운운하는 소리만 흘려들었을 뿐이다. 개천회와의 싸움에서 혹여 큰 부상을 당한 것은 아닌가 내심 걱정이 됐다.

"혹 부상을……."

"쓸데없는 소리!"

염위가 파종의 말을 끊었다.

"곧 도착하실 것이네. 그러면 저것들은 끝장이야."

염위가 아군을 공격하는 독인을 노려보며 이를 부득 갈았다.

"쓸모없는 것들!"

반쯤 무너진 정문 위에 걸터앉은 채 전장을 바라보고 있던 당령이 미간을 찌푸렸다.

"기선도 제압했고 적들의 사기도 완전히 짓밟아 버렸는데, 왜 저리 빌빌대는 거지?"

"패천마궁의 입장에서 그야말로 배수의 진을 쳤습니다. 물러설 곳이 없으니 죽기 살기로 싸우는 것이지요. 그 기세에 다소 눌린 것 같습니다."

호법 당호규가 비릿한 혈향에 코를 벌름거리며 말했다.

"그렇다고 해도 저런 꼴은……."

고개를 흔든 당령이 정문 아래 시립하고 있는 당독에게 소리쳐 물었다.

"귀면들은 얼마나 남았지요?"

"충분합니다. 아직 삼분지 일도 쓰지 않았으니까요."

"모조리 투입해요."

"끝장을 보시려는군요. 알겠습니다."

괴소를 터뜨린 당독이 연기처럼 사라졌다.

"그만 뭉개고 당신들도 움직여요. 구경만 할 셈인가요?"

당령의 표독스러운 외침에 당호규가 너털웃음을 흘렸다.

"설마요. 그저 가주의 명만을 기다리고 있었습니다. 한데 조금 전까지만 해도 느긋하시더니 어째서 갑자기 서두르시는 건지요?"

"저것들이 도착을 했으니까요."

당령이 맹활약을 하는 천마대를 가리키며 말을 이었다.

"이곳으로 오던 개천회가 박살이 났다는군요. 병신들! 뭔가 그럴듯하게 일은 꾸몄지만 결국은 아무것도 이룬 것이 없어. 하긴 평생 그늘에 처박혀서 음모만 꾸며대던 것들이니 당연한 것일지도 모르지."

입가에 비웃음을 짓던 당령의 표정이 매서워졌다.

"개천회가 무너졌다면 곧 놈이 오겠지요."

당호규는 당령이 칭하는 사람이 풍월임을 바로 알아차렸다.

"수하들만 온 것을 보면 부상을 당한 것이 틀림없습니다. 음모만 꾸며대던 것들이지만 나름 효웅이라 칭할 수 있으니까요. 대단한 고수들도 많았고."

"아니, 틀림없이 올 거예요. 확실해."

당령이 머리카락에 숨겨진 볼의 상처를 꾹꾹 누르며 말했다. 풍월을 떠올릴 때마다 어김없이 전해지는 은은한 고통.

지금 이 순간, 유난히 통증이 심했다.

"놈이 도착하기 전에 깔끔하게 정리를 해야겠어요. 버러지 같은 것들의 죽음을 보며 가슴 아파하는 놈의 얼굴을 보고 싶어요."

"가주께서 원하시는 대로 될 것입니다."

조용히 대답한 당호규가 정문 아래로 훌쩍 뛰어내렸다. 그러고는 대기하고 있던 멸옥의 동료, 당독을 제외한 다섯 명의 호법을 둘러보며 말했다.

"가주께서 우리의 활약을 원하신다."

"저들의 기세가 조금은 꺾였습니다, 장로님."

철산도문 문주 조무룡이 처음과는 달리 소강상태에 접어든 전장을 살피며 말했다.

"흠, 확실히 그렇군. 풍천뇌가에 큰 신세를 졌어."

미천고가 조금은 곤혹스러운 표정으로 말했다. 풍천뇌가는 패천마궁에 끝까지 굴복하지 않은 마련의 수뇌였다.

하지만 환사도문을 괴멸시키고 독인과 귀면들의 공격으로 인해 절체절명에 빠진 순간 결정적인 도움을 받았다. 도움을 받은 것은 고마운 일이지만 향후 관계 정립에서 조금은 곤란한 상황이 발생할 것 같았다.

"계속해서 지원군이 도착하고 있습니다. 조금만 힘을 내면 확실히 승기를 잡을 수 있을 것 같습니다."

미천고는 조무룡의 말에 고개를 끄덕이기는 했지만 그렇게 밝은 표정은 아니었다. 지원군이라 해봐야 그다지 많은 숫자도 아니고 실력 또한 뛰어나지 않았기 때문이다.

무엇보다 처음보다 숫자는 조금 줄었다고는 해도 여전히 괴력을 뿜어내고 있는 독인들이 건재했고, 귀면이라 불리는 자들이 투입되는 숫자가 급격히 늘고 있는 것이 영 불안했다.

바로 그 순간, 미천고의 불안감을 증명이라도 하듯 곳곳에서 예상치 못한 움직임이 있었다. 특히 좌측 전장에 큰 소란이 이는가 싶더니 지금과는 느낌이 다른 비명들이 터져 나오기 시작했다.

당황한 미천고와 조무룡이 황급히 달려갔을 땐 이미 수십의 희생자가 발생한 후였다.

비명을 지르며 땅바닥을 뒹구는 자들, 고통을 이기지 못해 스스로 목숨을 끊는 수하들의 모습에 미천고의 눈이 경악으로 물들었다.

"이, 이게 대체……."

"독이야. 오독사(五毒沙)라고 꽤나 재밌는 독이지."

호법 당후겸이 조금 떨어진 곳에서 조그만 주머니 하나를 들고서 빙긋 웃고 있었다.

"다섯 가지 독물의 독을 추출해서 모래와 섞었는데 생각보다 위력이 뛰어나. 특히 바로 숨통을 끊어버리는 것이 아니라 참을 수 없는 고통이 오래 이어진다는 장점이 있지. 오장육부가 완전히 녹은 다음에야 보통 숨이 끊겨. 그러니 저 짓을 하는 것이고. 크크크."

당후겸은 스스로 목숨을 끊는 자들을 보며 만족스러운 웃음을 지었다.

"악귀 같은 놈!"

패천마궁의 무인들이 처참하게 쓰러지는 모습에 분기탱천한 미천고가 악을 쓰며 달려들었다.

"장로님!"

혹여 중독이라도 될까 걱정한 조무룡이 다급히 말렸지만 미천고의 신형은 이미 당후겸과 뒤엉킨 뒤였다.

조무룡이 합공을 하기 위해 움직이려는 순간, 이질적인 기운이 느껴졌다.

조무룡이 본능적으로 몸을 틀었다. 눈으로 확인하기도 힘든 세침이 그의 옷깃을 스치며 지나갔다.

"호! 애송이가 제법이구나. 나름 어울리는 재미가 있겠어."

호법 당화금이 손에 든 암기들을 장난감처럼 휘돌리며 웃었다.

조무룡의 눈빛이 활화산처럼 타올랐다.

"덤벼라, 노물!"

미천고와 조무룡이 당후겸과 당화금을 상대하고 있을 때, 당원부와 당과과를 좌우에 거느린 당호규는 중앙을 휩쓸고 있었다.

당가에 죄를 지어 멸옥에 갇히기 전부터 그들은 당가에서도 손꼽히는 고수였다. 특히 당호규의 실력은 당시 가주보다 뛰어날지도 모른다는 소문이 있을 정도였다.

과거에 비해 형편없이 몰락한 패천마궁에서 그들을 상대할 수 있는 고수는 손에 꼽을 수 있는 정도. 문제는 그만한 고수들 모두가 독인을 막느라 정신이 없다는 것이었다.

군소문파의 수뇌들이 그들을 막기 위해 나름 필사적으로 노력을 해봤지만 소용없었다. 더구나 당령의 명으로 모조리 투입된 귀면의 공세도 무시무시했다.

추풍낙엽. 최악의 상황에서도 어떻게든 균형추를 유지하던 전장의 상황이 급격히 무너지고 있었다.

"더 이상 버티기 힘들 것 같습니다."

멀리서 초조한 얼굴로 싸움을 지켜보던 사유가 절망 섞인 눈빛으로 말했다.

"지원군은?"

순후가 전장에 시선을 고정시킨 채 물었다.

"없습니다. 조금 전에 이동한 이들이 마지막입니다. 하지만……"

사유는 노도처럼 이어지는 당가의 공세에 별 의미가 없다는 말을 간신히 삼켰다.

"풍천뇌가 덕분에 위기를 벗어날 수 있다고 여겼거늘."

순후가 참담한 얼굴로 고개를 떨궜다.

"궁주님의 활약으로 서북무림의 전력이 절반 이하로 줄었고, 심지어 개천회는 박살이 났다. 그런데도 이렇게 밀린다는 것은……."

"독인, 그 괴물들이 너무 많이 살아남았습니다."

사유가 패천마궁의 고수들을 거칠게 몰아치는 독인들을 가리키며 피가 나도록 입술을 깨물었다.

순후와 사유는 벽력탄과 폭렬문의 희생을 바탕으로 칠십구에 이르는 독인 중 절반 이상 쓰러뜨릴 수 있다고 판단했다. 하지만 그들의 예상보다 독인의 힘은 더 강력했고 쓰러진 건 삼분지 일도 채 되지 않았다.

그들을 막기 위해 패천마궁에서 손꼽히는 고수들이 모조리 동원됐다. 그 힘의 공백이 너무도 뼈아팠다.

"그리고 저 괴물들의 숫자도 예상치를 벗어난 것입니다."

사유는 온갖 괴성을 질러대며 무기를 휘둘러대는 귀면들을 가리켰다. 잠시 숫자가 줄어드는가 싶더니 어느새 전장 곳곳에 등장한 귀면들. 팔다리가 잘려 나가도 물러서지 않고 더욱 미쳐 날뛰는 그들의 모습은 두렵다 못해 괴기스러울 정도였다.

고통스러운 눈빛으로 전장을 살피던 순후가 착 가라앉은 음성으로 명을 내렸다.

"모두 퇴각시켜. 외성을 버린다."

"예? 외성을 버린다면 어디로……."

"내성의 문을 걸어 잠그고 버텨봐야지. 이대로 가다간 전멸을 면키 힘들다."

무슨 말인가를 하려던 사유는 이내 입을 다물고 물러났다. 그리고 이내 퇴각을 알리는 신호가 허공으로 치솟았다.

*   *   *

"준비했던 것들이 모두 무너졌다. 이제 더 이상은 무리일 것 같구나."

제갈은성이 피곤에 지친 표정으로 말했다. 며칠 동안 강남 무림의 발목을 잡는 일에 전력을 다했고 나름 원했던 결과를 만들어냈기에 큰 아쉬움은 없어 보였다.

"예, 고생하셨습니다, 당숙. 당장 식솔들을 철수시키겠습니다."

"녹림에도 알려주고. 괜히 무리하다가 큰일 난다. 그나저나 괜찮겠느냐? 어찌 보면 혈맹을 배신하고 적이라고 할 수 있는 패천마궁을 도운 것인데. 저들의 불만이 여기까지 전해지는 것 같다."

제갈은성이 몸을 슬쩍 떨었다.

"어쩔 수 없지요. 냉정하게 상황을 파악하지 못하는 것은 저들입니다."

"글쎄다. 결과가 모든 것을 말해주겠지. 만약 패천마궁이 당가의 공격을 막아내고 당가와 개천회의 관계를 입증할 수 있다면 우리의 선택은 추앙을 받을 것이나, 이대로 패천마궁이 몰락이라도 한다면 지탄의 대상이 될 것이다."

"옳은 선택이었습니다. 그것이 지탄의 대상이 된다면 기꺼이 감수하겠습니다."

제갈건의 당당한 태도에 제갈은성과 두 사람의 대화를 지켜보던 이들이 흡족한 미소를 지었다.

"또한 저는 믿고 있습니다. 풍 궁주가 있는 한 패천마궁이 쉽게 무너지지 않으리라는 것을요."

*　　　　　*　　　　　*

"크윽!"

팔이 잘린 연백이 고통스러운 신음을 흘리며 비틀거렸다.

"어서 물러나!"

연백이 독인의 공격에 당해 중독된 것을 보자마자 독기가 침범한 팔을 베어 버린 조무룡이 연백의 앞을 막아서며 소리쳤다.

"사, 사형!"

"그만하면 잘 버텼다. 여긴 우리한테 맡기고 치료부터 해라."

"아직 싸울 수 있습니다."

혈을 눌러 지혈을 하고 옷가지를 대충 찢어 절단면을 칭칭 감은 연백이 아직은 성한 팔로 칼을 들었다.

"무리하지 말라니까."

"무리하지 않으면 어쩝니까. 이제는 물러설 곳도 없습니다. 죽게 된다면 차라리 이곳에서 죽으렵니다."

연백의 외침에 조무룡은 아무런 말도 할 수가 없었다. 주변을 둘러보았다. 대부분의 사제들이 목숨을 잃은 지금, 살아남은 사람은 연백과 마품, 마도추뿐이었다. 그나마 마도추는 공기 중에 퍼져 있는 독기를 흡입해 제대로 정신을 잃은 채였다.

사실 중독된 사람은 마도추뿐만이 아니었다. 그보다는 상황이 나았지만 조무룡이나 마품 또한 독인의 몸에서 발출되고 있는 독에 의해 중독이 된 상태였다. 다만 내공을 동원하여 독기를 누르고 있을 뿐이었다.

"죽긴 누가 죽어! 곧 궁주님께서 오실 거다. 그럼 저것들도 끝장이야!"

조무룡이 두 눈에서 녹광을 뿜어내며 달려드는 독인을 보며 악을 썼다. 말은 그리하면서도 어쩌면 부질없는 희망일 수도 있다는 상념이 가시질 않았다.

설사 궁주가 도착을 한다고 해도 홀로 독인을 상대할 수 있을지 걱정이 됐다.

그만큼 독인은 강력했다. 온몸에서 끔찍한 독기를 뿜어내고 금강불괴에 버금가는 강력한 신체는 그야말로 악몽과도 같았다. 쓰러뜨리는 것이 전혀 불가능한 것은 아니었으나 엄청난 희생을 치러야 했다.

독인뿐만이 아니라 귀면이라 불리는 괴물들 또한 만만치 않은 상대였다.

압도적인 힘을 자랑하는 독인보다는 상대하기가 편했으나 물불을 가리지 않고 달려드는 귀면으로 인해 발생한 피해도 엄청났다. 게다가 숫자도 많았다.

외성은 이미 적들에게 점령을 당했고 내성 또한 함락되기 일보 직전이었다. 내성이 무너지면 모든 것이 끝장이었다.

"클클클! 희망은 좋은 것이지. 그것이 헛된 희망이라는 것이 문제지만."

좌측에서 비웃음이 들려왔다.

"건방진 애송이 녀석. 어디로 도망쳤나 싶었는데 이곳에 있었느냐?"

조금 전 조무룡과 싸움을 벌였던 당화금이 차갑게 웃으며 걸어오고 있었다. 하지만 조무룡의 시선은 당화금이 아니라 그의 옆에 서 있는 당후겸에게 향해 있었다. 정확히는 그의 손에 들린 미천고의 머리에.

"자, 장로님."

조무룡의 외침에 당후겸이 미천고의 머리를 마치 선물이라도 주듯 툭 던졌다.

"제법 실력이 있는 늙은이였다. 결국 승자는 노부가 되었지만."

조무룡이 미천고의 머리를 수습하려는 순간, 미천고의 머리가 그대로 터져 버렸다.

조무룡이 사방으로 튄 뇌수를 보며 망연자실할 때 암기를 던져 마지막까지 미천고와 조무룡을 능욕한 당화금이 킬킬대며 웃었다.

"손맛이 좋군."

"죽여 버린다!"

분노로 인해 눈이 뒤집힌 조무룡이 그대로 몸을 날렸다.

조무룡을 돕기 위해 연백과 마품도 함께 공격을 시도했지만 상대는 당가에서도 최고의 고수들이다. 조무룡이라면 몰라도 연백과 마품이 감당할 상대가 아니었다.

잠깐의 공방이 이어지고 연백과 마품이 힘없이 나가떨어졌다. 다행히 치명상을 면한 것 같았지만 애당초 그 또한 당후겸이 손속에 힘을 뺐기 때문에 가능한 일이었다.

그들을 살려주거나 동정해서가 아니었다. 마지막까지 조롱하고 짓밟기 위해 슬쩍 힘을 뺀 것뿐이었다. 그사이 조무룡도 당화금의 암기에 당하고 말았다.

당화금이 뛰어난 고수이긴 해도 풍월에게 철산마도의 무공을 완전히 전수받은 조무룡 역시 상당한 실력자로 성장했다.

정상적인 몸 상태라면 능히 오백 초를 다툴 수 있을 정도였으나 이미 지칠 대로 지친 데다가 중독까지 된 상태였다. 더구나 미천고의 죽음에 순간적으로 이성을 잃어버린 지금, 당화금의 상대가 될 수 없었다.

조무룡이 양쪽 어깨에 깊숙이 박힌 암기를 억지로 빼 들며 비틀거렸다. 독이라도 발라져 있는 것인지 급격히 힘이 빠졌다.

"클클클! 더 놀아주고 싶다만 재미있는 놀잇감이 많아서 이만해야겠다."

조무룡의 앞으로 천천히 걸어온 당화금이 단검을 꺼내들었다.

"흐흐흐! 노부를 즐겁게 해줬으니 그 상으로 더욱 고통스럽게……."

당화금의 말이 끊겼다. 대신 괴소를 지으며 다가오던 표정이 그대로 담겨 있는 머리가 조무룡의 발밑으로 굴러왔다.

조무룡이 황당한 눈빛으로 당화금의 머리를 바라보고 있을 때, 연백과 마품의 숨통을 끊기 위해 움직이던 당후겸은 필사적으로 몸을 움직이고 있었다.

하지만 부질없는 짓이었다. 당화금의 목을 날린 검의 움직임은 그가 예상한 것보다 배는 빨랐다.

"이, 이 무슨……."

당후겸이 뻥 뚫린 가슴을 내려다보며 무너져 내릴 때 우아한 호선을 그리며 날아온 검이 그의 목을 허공으로 날려 버렸다.

조무룡과 연백, 마품의 시선이 검을 쫓았다. 그 끝에 지금껏 기다리던 사람이 서 있었다.

"구, 궁주님!"

조무룡의 눈에서 눈물이 왈칵 쏟아졌다.

묵운을 회수한 풍월이 천천히 다가왔다.

천마대와 함께 움직이라는 명을 무시하고 풍월이 무사히 운기조식을 마칠 때까지 곁을 지켜낸 밀은단이 그림자처럼 뒤따랐다.

"움직이지 마."

풍월이 조무령의 몸에 가볍게 손을 대며 말했다. 순간, 조무룡은 거대한 힘이 자신의 몸을 휘감는 것을 느끼며 몸을 부르르 떨었다.

그는 풍월이 손을 뗐을 때 자신의 몸을 갉아먹고 있던 독기가 씻은 듯 사라졌다는 것을 느끼며 재차 몸을 떨었다.

연백과 마품, 마도추의 몸에 침투한 독기마저 간단히 제거한 풍월이 몸을 돌리며 말했다.

"애썼다. 이제 내게 맡겨라."

말이 끝나기가 무섭게 독인이 달려들었다.

조무룡 등이 깜짝 놀라 경고를 하려는 찰나, 풍월이 독인의 목덜미를 움켜잡았다. 독인의 전신에서 무시무시한 독기가 뿜어져 나왔지만 풍월은 전혀 영향을 받지 않는 듯했다.

"금강불괴라고 했던가."

차갑게 웃은 풍월이 손아귀에 힘을 주었다.

괴성을 내지르며 발광하던 독인의 몸이 어느 순간 축 늘어졌다.

간단히 목을 꺾는 것으로도 부족해 내력으로 심장까지 한 줌의 핏물로 만들어 버린 풍월이 독인을 툭 던지며 웃었다.

"금강불괴치곤 너무 약하잖아."

믿을 수 없는 광경을 목도한 조무룡 등이 입을 쩍 벌릴 때 풍월이 훌쩍 몸을 날려 내성의 벽에 올랐다. 그러고는 가장 치열한 싸움이 벌어지는 곳으로 내달리기 시작했다.

풍월이 천마대공을 극성으로 운기하자 지금껏 경험해 보지 못한 거대한 힘이 단전에서 꿈틀댔다.

시간이 워낙 촉박하여 개천회주로부터 빼앗은 내력의 상당량을 소멸시킬 수밖에 없었지만, 그럼에도 불구하고 이전과 비교할 수 없는 내력이었다.

우우우우웅!

엄청난 장소성이 패천마궁을 뒤흔들었다.

모든 싸움이 일시에 멈춰질 정도로 웅장하고 거대한 힘이 담긴 장소성이었다.

장소성이 끝났을 때 풍월을 뒤따라온 밀은단이 목청이 터져라 외쳤다.

천마군림! 만마앙복!

다섯 명의 목소리로 전장 전체를 뒤흔들기엔 분명 부족했다. 하나, 절망적인 상황에서 희망의 끈을 놓지 않고 마지막까지 저항을 이어가던 패천마궁의 무인들에겐 뇌성벽력과도 같은 음성이었다.

모두의 시선이 음성이 들려오는 곳을 향해 움직일 때, 풍월이 전신을 충만하게 채우는 내력의 힘을 느끼며 허공으로 도약했다.

단 한 번의 도약으로 무려 십여 장을 치솟은 풍월이 묵뢰를 수직으로 내려쳤다.

천마무적도 구초, 천마멸이다.

천마멸은 천마무적도 최후의 절초답게 인간으로선 도저히 감당하기 힘든 내력을 필요로 한다.

풍월도 지금껏 천뇌곡에 펼쳐져 있던 혼천환상겁륜대진을 깨기 위해 딱 한 번 사용한 것이 전부였다.

다만 차이가 있다면 당시 펼쳤던 천마멸은 팔성의 경지였고, 지금은 구성을 넘어선 천마멸이었다.

단 일 성의 차이였으나 그 위력은 비교조차 되지 않았다. 특히 개천회주의 도움(?)으로 막강한 내력을 확보한 풍월은 천마멸이 원하는 내력을 마음껏 사용할 수가 있었다.

하늘에서 쏟아져 내리는 강기의 폭풍이 향한 곳은 치열한 싸움이 벌어지고 있는 전장이 아니라 조금은 여유로운 후방이었다.

천마멸이 전장에 내리꽂히면 막강한 위력만큼이나 피아 구분 없이 막대한 피해를 받을 수밖에 없었다. 하지만 후방에 모여 있는 자들은 다르다. 그곳엔 패천마궁을 치기 위해 모여 있는 적들뿐이었다.

꽈꽈꽈꽈꽝!

마치 벽력탄 수백 개가 동시에 터지는 듯한 굉음과 함께 천지가 뒤흔들렸다.

천마멸이 작렬한 곳을 중심으로 사방 십여 장의 모든 것이 초토화가 되었다. 화강암을 깎아 만든 박석이 일제히 허공으로 치솟으며 박살이 났다. 수천, 수만 조각으로 나뉜 박석이 하나의 암기가 되어 주변을 휩쓸었다. 박석 밑에서 오랜만에 모습을 드러낸 땅거죽이 엉망으로 뒤집히며 흙먼지가 피어올랐다.

"마, 맙소사!"

"이, 이게 대체⋯⋯."

"괴, 괴물! 이 정도 위력이라니!"

수많은 사람들이 주변을 휩쓰는 충격파를 피하기 위해 정신없이 물러났다. 직접적으로 공격을 당하지 않았음에도 내력이 진탕되어 피를 토하는 자들이 부지기수였다.

하늘 높이 치솟은 흙먼지가 가라앉았을 때 당가의 수뇌들은 물론이고 서북무림 수뇌들의 눈앞에 드러난 광경에 경악을 금치 못했다.

최후의 공격을 준비하고 있던 오십의 귀면이 흔적도 없이 사라졌다. 그들을 지원하기 위해 대기하던 서북무림의 무인들 칠십도 모조리 몰살을 당했다.

폭발의 중심에서 유일하게 살아남은 사람은 귀면의 공격을 준비하고 있던 당독이었다. 하지만 살아도 산 것이 아니었다. 사지가 끊어져 사라지고 쩍 갈라진 배에선 뜨거운 장기가 모조리 쏟아져 나왔다.

고통스러운 비명을 내지르는 당독을 향해 걸어가는 사람이 있었다.

느긋하게 싸움을 지켜보다 풍월의 존재를 가장 먼저 느낀 당령이었다.

간절한 눈으로 바라보는 당독의 머리를 그대로 밟아버린 당령이 천천히 지면에 내려서는 풍월을 보며 섬뜩한 미소를 보냈다.

"가주!"

혹여나 당령이 홀로 풍월과 싸울까 걱정한 당중이 황급히 그녀의 곁으로 달려왔다.

당령이 무표정한 얼굴로 당중을 바라보았다.

"혼자선 아니 되오."

당중이 단호히 고개를 저었지만 당령은 아무런 대꾸도 하지 않고 고개를 돌렸다.

"가주!"

당중이 다시금 당령을 불렀다. 하지만 그가 걱정하는 일은 벌어지지 않았다.

당령은 그 자리에서 움직이지 않았고 풍월 역시 그녀에게 덤벼들지 않았다.

풍월의 입장에서 당령을 처리하는 것보다 우선적인 것은 자신의 등장으로 잠시 멈칫했다가 다시금 살수를 휘두르고 있는 귀면들과 일관되게 아군을 유린하고 있는 독인을 처리하는 일이었다.

독인들이 밀집된 곳으로 몸을 움직이며 좌측으로 묵운을 던졌다.

마치 장난하듯 던진 묵운이다.

느릿하게 날아가는 것이 별 위력도 없어 보였다. 하지만 묵운이 움직이는 방향에 놓인 적들은 자신을 향해 짓쳐 드는 거대한 힘에 움짝달싹하지 못했다.

차갑게 식은 이성이, 무인으로서의 생존 본능이 어서 빨리 피해야 한다고 미친 듯이 경고음을 울렸지만 이상하게 몸이 따라주질 않았다.

묵운이 첫 목표에 도착했을 때 묵운의 주변을 은은하게 휘감고 있던 강기가 폭발적으로 확장하기 시작했다.

묵운의 움직임을 따라 공간이 뭉개지며 엄청난 파공성이 전장을 뒤흔들었다. 처절한 비명이 동시다발적으로 터져 나오기 시작했다.

"크아악!"

"으악!"

"살려… 줘……."

목을, 가슴을 부여잡고 쓰러지는 적들은 단말마의 비명, 짧은 신음과 함께 그대로 숨이 끊어졌다.

그건 두려움을 모르고 날뛰던 귀면도 예외는 아니었다.

팔다리가 끊어진다고 해도 제대로 된 고통을 느끼지 못하는 귀면들이었지만 목이 잘리고 심장이 꿰뚫린 상황까지 버텨내지는 못했다.

풍월이 이기어검의 수법으로 단숨에 삼십여 명의 적들을 주살하고 있을 때 기분 나쁜 휘파람 소리가 들렸다. 동시에 사방에 흩어져 있던 귀면과 독인이 풍월을 향해 일제히 덤벼들기 시작했다.

풍월은 서두르지 않았다. 느긋하게 걸음을 옮기며 여전히 이기어검을 시전했다.

풍월의 의지를 담은 묵운이 전장을 마음껏 휘저으며 계속해서 적들을 참살했다.

휘파람 소리와 함께 귀면과 독인이 원래의 자리에서 이탈했기 때문인지 대부분의 희생자는 서북무림에서 나왔다. 어찌 보면 당가의 간계에 속은 자들일 수 있으나 풍월의 손속에는 조금의 인정도 없었다.

"크아악!"

괴성과 함께 두 눈이 붉게 충혈된 귀면이 달려들었다.

풍월은 별다른 반응을 보이지 않았다. 묵뢰를 어깨에 걸친 자세 그대로 걸음을 옮길 뿐이었다.

쫭!

둔탁한 충돌음과 함께 풍월을 향해 검을 휘두른 귀면의 몸이 그대로 튕겨져 나갔다.

풍월에게 향했던 검은 흔적도 없이 사라졌고 검을 들었던
팔은 기괴할 정도로 꺾여 있었다.

쓰러진 귀면은 일어나지 못했다.

겉으로 보기엔 그저 팔 하나가 부러졌을 뿐이지만 사마용
의 내력을 갈무리하는 과정에서 구성을 넘어 십성의 경지에
발을 내디딘 천마탄강의 위력은 귀면의 내부를 완전히 짓뭉개
버린 상태였다.

동료가 반탄강기에 숨통이 끊어졌지만 그것을 의식할 귀면
이 아니다. 계속해서 동료들이 죽어나갔지만 그저 풍월을 공
격하라는 명령 하나에 미친 듯이 달려들었다.

풍월은 귀면의 공격을 무방비 상태로 받아들였다. 천마탄
강이란 고금제일의 호신강기가 모든 것을 가능케 만들었다.

그 자체가 방어요, 역공이었다.

꽝! 꽝! 꽝!

연이은 굉음과 함께 무수한 귀면이 나뒹굴었다. 그리고 쓰
러진 귀면은 단 한 명도 다시 일어나지 못했다.

휘파람 소리에 사방에서 몰려든 독인들 또한 풍월을 향해
정신없이 덤벼들었다. 그리고 귀면과 마찬가지로 천마탄강의
호신강기를 뚫지 못하고 모조리 나뒹굴었다.

다만 둘 사이엔 분명한 차이가 있었다. 모조리 절명한 귀면

과는 달리 숨이 끊어진 독인은 몇 되지 않았다. 칠 할 이상의 독인이 아무런 일도 없다는 듯 자리를 박차고 일어났다.

'과연 금강불괴라 불릴 만하네.'

풍월은 천마탄강을 버텨내는 독인을 보며 조금은 놀랐다.

조무룡을 구해낼 때 상대한 독인은 예상보다 약했기에 천마탄강의 힘이라면 간단히 제거를 할 수 있으리라 여겼다.

당연했다. 독인이라고 모두 같은 힘을 지닌 것은 아니다. 풍월이 전에 상대했던, 그리고 천마탄강의 반탄력을 감당해내지 못한 독인은 맨 처음 만독방의 제자들을 이용해 만들어낸 독인이 아니라 이후에 만들어진 독인으로 전자에 비해 그 위력이 현저히 떨어졌다.

벽력탄과 폭렬문의 눈물겨운 희생으로 없앤 독인들도 대부분 뒤에 만들어진 것으로, 만독방 제자들로 만들어진 독인은 그 폭발 속에서도 대부분 살아남을 정도로 막강했다.

'독도 지독하고.'

주변을 잠식해 오는 독도 매서웠다. 만독불침의 경지에 이르렀음에도 제법 불편함을 느낄 정도였으니 얼마나 독한지 미루어 짐작할 수 있었다.

풍월이 천천히 고개를 돌렸다.

주변을 에워싸고 있는 독인의 수는 대략 서른 구에 이르렀다. 옷은 갈가리 찢겨 넝마가 되었으나 별다른 부상의 흔적은 없었다. 흠뻑 뒤집어쓴 피 역시 그들의 것이 아닐 터. 얼마나 많은 아군이 당했을지 상상도 하기 싫었다.

천천히 호흡을 가다듬은 풍월이 천마대공을 운기하기 시작했다. 폭발할 듯 팽창한 힘이 묵뢰에 실렸다.

우우우우웅!

웅장한 도명이 전장에 울려 퍼지는 것과 동시에 묵뢰에서 무려 삼 장에 이르는 거대한 강기가 솟구쳤다.

풍월과 독인의 싸움을 지켜보는 이들의 입에서 절로 탄성이 터져 나왔다.

패천마궁 쪽에선 경외심이, 특히 당가와 서북무림 수뇌들의 탄성엔 두려움과 공포가 담겨 있었다.

당령의 표정 역시 딱딱하게 굳었다.

단 한순간도 풍월의 행보를 놓치지 않았기에 그가 과거 화산에서 보았을 때보다 훨씬 강해졌다는 것을 알고는 있었다. 하나, 지금 풍월에게서 느껴지는 강함은 상상을 훨씬 뛰어넘고 있었다.

꽈꽈꽈꽝!

거대한 강기가 독인들을 후려쳤다.

엄청난 충돌음과 함께 사방으로 먼지가 날리고 대부분의 독인들이 힘없이 튕겨져 나갔다.

풍월은 쓰러진 독인 대부분이 다시금 일어날 것임을 알고 있었다. 그의 예상대로 거의 모든 독인들이 멀쩡하게 몸을 일으켰다.

거대한 함성이 전장을 뒤흔들었다.

풍월의 압도적인 무위에 짓눌려 있던 당가와 사천, 서북무림의 무인들이 독인들의 건재함을 확인하고 내지른 함성이다. 그러나 누구보다 기뻐해야 할 당령은 전혀 웃지 않았다. 그녀는 풍월이 전력을 다하지 않았음을 금방 눈치챘다.

'한데 어째서……'

순간, 당령은 자신을 향하는 풍월의 입가에 비웃음이 걸린 것을 확인했다.

'설마?'

불길한 예감이 끝나기도 전, 전장을 뒤흔들던 함성이 일시에 잦아들었다.

천마무적도 삼초식 천마섬.

빛살보다 빠른 쾌도에 풍월을 향해 기세 좋게 달려들던 독인들의 머리가 허공으로 치솟은 것이다. 동시에 묵운이 수평으로 움직이고 날카로운 파공성과 함께 들이친 강기를 감당하지 못한 독인들이 힘없이 나뒹굴었다.

쿠웅!

지축을 흔드는 거대한 힘.

천마군림보다.

풍월이 발걸음을 내딛을 때마다 그를 중심으로 도저히 인간의 것이라 여길 수 없는 기세가 폭풍처럼 피어올랐다.

풍월을 향해 덤벼들던 귀면들의 몸이 갈가리 찢겨 나갔다. 머리가 터지고 몸뚱이가 어육처럼 변해 버렸다.

감정이라곤 완전히 사라지고 오직 본능만이 남은 귀면들이 뒷걸음질 치기 시작했다. 독인들 또한 몸 안에 잠재해 있는 원초적인 본능으로 인해 몸을 떨 정도였다.

꽈직!

풍월이 내디딘 발걸음이 쓰러져 있던 독인의 몸뚱이를 거침없이 밟았다.

그토록 단단했던 몸뚱이가, 비록 전설로 내려오는 금강불괴의 수준은 아니나 그래도 패천마궁의 수많은 고수들이 목숨을 걸고 전력을 다해 무기를 휘둘러야 간신히 상처를 새길 수 있었던 몸뚱이가 두부처럼 뭉개졌다.

눈 깜짝할 사이에 다섯 구의 독인이 풍월의 발길에 채여 박살이 났다.

"하! 대체 우린 뭐 한 거냐?"

몸을 잠식해 들어오는 독을 막아내며 힘겹게 독인과 싸웠던 황천룡이 풍월이 발길을 내디딜 때마다 풍선처럼 터져 나가는 독인들을 보며 허탈한 표정을 지었다.

황천룡은 그나마 나았다. 온몸에 부상을 당하면서도 무려 두 구의 독인을 쓰러뜨리는 맹활약을 펼쳤으니까.

죽어라 싸웠음에도 별다른 성과를 거두지 못하고 하염없이 밀리기만 했던 이들의 표정은 실로 가관이었다.

특히 홀로 네 구의 독인을 쓰러뜨리며 사실상 전장을 이끌었던 풍천뇌가의 가주 뇌명은 실로 충격이 컸다.

뇌정마존의 무공을 얻고도 힘겹게 상대한 독인을 어린아이 팔 비틀 듯이 여유롭게 상대하는 풍월의 모습에 뇌정마존의 무공을 되찾고자 발버둥을 쳤던 지난날의 모든 일들에 대해 극도의 회의감이 들 정도였다.

파스스슷!

날카로운 파공성에 풍월이 고개를 홱 틀었다.

어느새 접근한 호법 당원규가 연속적으로 팔을 휘두르자 녹광을 띤 장력이 매섭게 짓쳐 들었다. 좌측에선 당과과가 한 뼘 길이의 손톱을 마구잡이로 휘둘렀다.

풍월이 묵운을 부드럽게 휘돌렸다.

묵운의 움직임에 휩쓸린 장력이 흔적도 없이 소멸했다.

당원부의 장력을 무력화시킨 풍월이 황급히 물러나는 그에게 이기어검의 수법으로 묵운을 던진 뒤, 응조공을 앞세운 채 달려드는 당과과를 향해 산화무영수를 펼쳤다.

허공을 수놓은 수영이 매섭게 할퀴어 오는 당과과의 공격을 완벽하게 차단하고 곧바로 역공을 펼쳤다.

펵! 펵! 펵!

가죽 터지는 소리와 함께 외마디 비명을 내지른 당과과의
몸이 이 장여를 날아가 처박혔다.

꿈틀대며 몸을 일으키려던 그녀의 몸이 물고기처럼 퍼득거
렸다. 도주하던 당원부의 몸통을 관통하고 돌아온 묵운이 그
녀의 심장마저 꿰뚫어 버린 것이다.

바로 그때, 미약한 파공성이 들려왔다.

주의해서 듣지 않으면 전혀 눈치를 챌 수 없을 정도로 희미
한 소리였다. 하지만 묵운을 회수하던 풍월은 그 소리를 놓치
지 않았다.

번개처럼 몸을 돌린 풍월의 시선에 천마탄강을 뚫고 들어
오는 빛줄기 하나가 잡혔다.

천마탄강이 뚫렸다는 사실에 놀랄 여유도 없이 손을 움직
였다. 빛살처럼 빨랐지만 풍월의 손을 피할 수는 없었다.

풍월은 자신이 낚아챈, 천마탄강을 뚫어낸 물건을 확인했
다.

빛줄기의 정체는 손바닥만 한 비수였다.

당가에서 제작한 암기 서열 삼 위 벽혈비(碧血匕).

벽혈비는 열두 가지 독을 섞어 만든 독수(毒水)에 자오선철
이라는 특수한 금속을 백 일 동안 담금질하여 완성시키는 것
으로 호신강기를 파괴시키는 데 최고의 효과를 지녔다.

게다가 열두 가지 극독을 섞어 만든 독수로 담금질이 되었기에 스치기만 해도 절명을 면키 힘들었다.

벽혈비를 낚아채는 데 성공한 풍월은 자신에게 벽혈비를 던진 당호규를 향해 고개를 돌렸다. 당원부와 당과과가 합공을 하는 틈을 이용해 암습을 한 당호규는 그 결과를 확인도 하지 않고 몸을 돌려 도주하고 있었다.

당호규를 향해 벽혈비를 던지려던 풍월은 무슨 생각인지 허리춤에 벽혈비를 갈무리하고는 대신 묵운을 던졌다.

벽혈비보다 더욱 빠른 속도로 사라진 묵운.

당호규가 당령의 코앞에 이르렀을 때 묵운이 그의 뒤통수를 관통했다. 묵운의 움직임을 따라 뿜어져 나온 피가 당령의 얼굴에 뿌려졌다.

당령은 눈 하나 깜짝하지 않고 얼굴을 적신 피를 닦아내며 소리쳤다.

"뭣들 하는 거지? 당장 놈을 죽여!"

그녀의 명이 떨어지자 숨을 고르고 있던 독비단이 일제히 몸을 날렸다. 이미 처참한 피해를 당한 사천, 서북무림의 무인들 역시 독비단을 따라 움직일 수밖에 없었다. 선봉에 선 것은 이제 삼십도 채 남지 않은 귀면과 일곱 구의 독인이었다.

'저건……'

가장 앞서 달려오는 독인의 얼굴을 확인한 풍월의 눈빛이 살짝 흔들렸다.

"여운… 교."

풍월은 독인으로 변한 여운교를 보며 안타까운 마음을 금치 못했다. 비록 적으로 만날 수밖에 없었지만 함께 화평연의 비무대회를 준비하던 인연은 나름 아름다운 기억이었다.

풍월이 무거운 표정으로 묵뢰를 들었다.

과거의 그녀로 되돌릴 수 없다면 편안한 죽음을 안겨주는 것이 그녀를 위하는 길이라 여겼다.

"편히 쉬어. 원수는 곧 갚아줄 테니까."

말이 끝나는 것과 동시에 묵뢰에서 뿜어져 나온 묵강이 그녀를, 그리고 그녀의 뒤에서 달려오는 적들을 쓸어갔다.

제121장

결자해지(結者解之)

꽈직!

소름 끼치는 파열음과 함께 풍월의 앞을 가로막던 마지막 독인의 목이 부러져 쓰러졌다.

풍월은 무표정한 표정으로 독인을 던진 후, 마침내 목표로 할 수 있는 당령의 앞에 설 수 있었다.

죽음으로써 그녀를 지키던 귀면과 독인은 물론이고 독비단 도 모조리 목숨을 잃었다. 어쩔 수 없이 휩쓸린 사천, 서북무 림 무림인들 역시 패천마궁과 천마대, 녹림의 공격으로 치명 타를 입었다.

이제 그녀의 주변에 남은 이들은 처음 공격을 할 때와는 비교할 수 없을 정도로 초라하게 쪼그라들었다.

"오랜만이다, 당령."

"네놈은 오랜만일 수 있겠지만 난 아니야. 매일매일 네놈을 찢어 죽이는 상상을 하며 잠을 청했으니까."

당령이 앙칼지게 소리쳤다.

때마침 불어온 바람이 그녀의 얼굴을 덮고 있던 머리카락을 슬그머니 치웠다. 볼에 새겨진 흉측한 상처를 보며 풍월이 비웃음을 흘렸다.

"잘 아물었네."

"닥쳐!"

"매일매일 날 죽이는 상상을 했다고? 하! 검은 머리 짐승이라더니 딱 그 꼴이잖아. 네년이 어째서 그런 꼴을 당했는지 세상 사람들이 다 알아. 네년의 욕심으로 무참히 죽은 자들이 얼마지? 그것으로도 부족해 모든 잘못을 교묘히 감추고 영웅 행세까지 하질 않나. 날 죽이는 상상을 했다고? 저승에서 네년이 오기를 손꼽아 기다리는 사람이 얼마인지는 생각해 봤냐?"

풍월의 힐난에도 당령은 안색 하나 바뀌지 않았다.

"죽을 만했으니까. 하나같이 머저리들이었지."

당령의 말에 풍월의 안색이 차갑게 변했다.

"그래서 네년이 죽어야 하는 거다. 제가 한 잘못도 모르고 미쳐 날뛰는 머저리이기 때문에."

풍월의 시선이 당령 뒤쪽에 엉거주춤 서 있는 서북무림 수뇌들, 대다수의 수뇌들이 제자들과 함께 풍월을 공격하다 목숨을 잃었지만 제자들만 앞세운 채 목숨을 부지하고 있는 자들을 향해 외쳤다.

"더불어 이런 머저리의 농간에 부화뇌동(附和雷同: 남의 의견에 따라 휘둘림)한 인간들도 함께."

움찔하는 수뇌들을 한심하단 눈빛으로 바라본 풍월이 당령을 향해 말했다.

"어쨌든 대단해. 네년이 당가의 가주가 되었을 때는 그러려니 했어. 하지만 개천회와 손을 잡을 줄은 정말 상상도 못 했다."

"무슨 헛소리지? 개천회 놈들이 간절히 부탁을 해왔을 뿐이다. 네놈을 제거할 때까지 방해하지 말아달라고. 해서 적대적인 행동을 잠시 멈춘 것뿐이다. 여기 있는 모두가 공감을 했다. 무림공적인 네놈과 패천마궁을 쓰러뜨리는 데 도움이 될 수 있다고 생각했으니까. 아, 물론 개천회 놈들 역시 모조리 처리를 하려고 했고."

당령이 교묘하게 논점을 흐리려 하자 가소롭게 웃어준 풍월이 휘파람을 불었다. 그러자 운파와 운공, 그리고 몇몇 화산파의 제자들이 피 묻은 도복을 휘날리며 일단의 무리들을 끌고 왔다.

난데없는 화산파 제자들의 등장과 그들이 끌고 온 자들로 인해 전장, 특히 서북무림 진영에서 크게 동요가 일었다.

풍월의 앞에 사마조를 비롯해 싸움에서 포로가 된 개천회의 무인들을 무릎 꿇린 운파와 운공이 공손히 머리를 숙였다.

"애썼다. 시간이 촉박했을 텐데 제때에 도착을 했구나."

풍월이 환한 얼굴로 그들을 반겼다.

상황이 워낙 긴박한 관계로 당가와 개천회 간의 협잡의 증거로 내세울 포로들을 끌고 올 여력이 없었던 풍월은 운파와 운공에게 포로들의 압송을 부탁했던 것이다.

사형제들의 도움을 받아 포로들을 압송한 운파와 운공은 너무도 절묘한 시간에 전장에 도착할 수 있었다.

"아닙니다. 그럼 저희들은 돌아가겠습니다."

운파와 운공이 다시금 예를 차리고 몸을 돌렸다.

[청천 도장… 사형께 고맙다고 전해 드려라.]

풍월의 전음에 운파가 흠칫 놀라더니 이내 전음을 보냈다.

[알겠습니다, 소사숙. 그리 전하지요.]

자신들의 할 일을 마친 운파와 운공, 화산파의 제자들은 곧바로 패천마궁을 떠나 화산파 무인들이 부상을 치료하고 있는 곳으로 움직였다.

풍월이 운기조식을 미루고 싸움에 참여한 덕분에 몰살의 위기를 넘겼지만 흑귀대의 뒤를 쳤던 화산파는 상당한 피해를 당했다.

처음부터 극렬히 반대했음에도 막상 싸움이 시작되자 제자들의 희생을 최소한으로 줄이기 위해 누구보다 앞장서 싸우다 목숨을 잃은 장로 도근을 필두로 절반이 넘는 제자들이 목숨을 잃었다.

흑귀대와의 싸움을 끝으로 화산파는 더 이상 움직이지 않았다. 싸움을 할 수 있는 제자도 얼마 남지 않았거니와 아무리 당가가 잘못을 했다고 해도 그들이 화산파를 도와준 것은 틀림없는 사실이기 때문이었다.

더구나 서북무림을 적대시한다는 것은 그들 입장에선 불가능한 일이었다.

화산파의 입장을 누구보다 잘 알고 있던 풍월은 사마조의 토설로 당가와 개천회가 손을 잡았다는 것을 알았음에도 움직이지 않는 화산파를 책망하지 않았다.

화산은 당가의 제안을 거절하고 패천마궁을 도와 개천회를 상대한 것만으로도 이미 그에게 충분한 도움과 감동을 주었다.

운파와 운공이 사라지자 풍월이 무릎을 꿇은 채 고개를 떨구고 있는 사마조를 향해 걸어갔다.

풍월이 다가오자 사마조는 두려움에 몸을 떨며 어쩔 줄을 몰라 했다.

'한심한.'

사마조의 모습에 실소가 터져 나왔다.

풍월은 자신의 마안에 끝까지 저항을 하다 결국 목숨을 잃은 사마연의 모습을 떠올렸다.

형응의 고문에 만신창이가 되었음에도 사마연은 풍월의 마안에 끝까지 저항을 했다. 그리고 결국 목숨을 잃고 말았다. 마안을 접하자마자 모든 것을 토설한 사마조와는 실로 대조적이었다.

풍월이 사마조의 머리카락을 잡아채며 소리쳤다.

"모른다고 하지는 않겠지?"

"왜 알아야 하지?"

당령이 태연스레 대꾸했다.

"네년이 개천회와 손을 잡는 순간에 함께 있었으니까. 다시 생각해 봐도 대단해. 어떻게 개천회의 심장부에 찾아갈 생각을 했지?"

"무슨 소리를 하는지 모르겠는데."

"변명은 하지 마라. 네 인생 자체가 거짓과 변명으로 일관

되어 있지만 이런 상황에서까지 그러는 건 어울리지 않는다."

잠시 침묵하던 당령이 배시시 웃으며 말했다.

"그건 또 그러네. 저자의 꼴을 보니 모조리 토설한 것 같기도 하고. 혀를 깨물고 뒈질 용기도 없는 머저리 같으니."

얼굴은 웃고 있지만 그녀의 입을 통해 흘러나오는 음성은 소름 끼치도록 차가웠다.

"개천회와는 무슨 이유로 손을 잡은 거냐? 단순히 나를 치기 위해서?"

"뭐, 겸사겸사. 네놈에 대한 복수도 하고 정무련을 중심으로 흘러가는 기존 질서를 좀 깨뜨리고 싶기도 했고. 무엇보다 위대한 당가를 만들고 싶었지."

자신의 원대한 계획이 사실상 실패했다고 생각해서인지 당령의 표정이나 음성엔 허탈함이 묻어 있었다.

당령이 개천회와 손을 잡았다는 것을, 그리고 그것이 꽤나 오래된 사실이라는 것을 알게 된 사천, 서북무림인들은 크게 동요하고 말았다.

"이, 이게 지금 무슨 말이오? 단순히 개천회에 길을 내주는 것이 아니라 당가가 개천회와 손을 잡았다는 것이오?"

풍월이 도착하기 전, 황천룡과의 싸움에서 크게 부상을 입고 물러나 있던 무당파 장로 진효가 아연실색한 표정으로 물었다.

"말을 해보시고, 가주. 저자의 말이 사실이오?"

"어째서 침묵하고 있소! 사실을 말하시오!"

"아니라고 변명이라도 해보란 말이오!"

곳곳에서 성난 음성이 들려왔지만 당령은 아예 대꾸조차 하지 않았다.

"당가가 개천회와 손을 잡았다는 사실을 어째서 말하지 않은 것이오?"

"우리가 당가에 속고 있는 것임을 뻔히 알면서도 우리를 공격한 것이오?"

"미리 언질을 해줬다면 이런 참상은 피할 수 있었소."

당령에 향하던 비난의 화살이 느닷없이 풍월에게 향했다.

풍월은 사방에서 쏟아지는 불만 섞인 외침에 비릿한 웃음을 지었다.

"몰랐다고?"

풍월의 음성에 중구난방 떠들어대던 이들이 일거에 입을 다물었다.

"생각이라는 걸 할 줄 아는 인간이라면 지금 돌아가는 상황이 이상하다는 걸 깨달을 수 있었다. 제갈세가가 수도 없이 경고를 했다. 그뿐인가? 심지어 혈맹이나 다름없는 강남무림을 막기 위해 직접 나서기까지 했다. 당신들이 경멸해 마지않는 녹림의 손을 빌리면서까지. 그런 제갈세가의 말에 조금만 귀를 기울였어도 이런 일은 벌어지지 않았다. 당신들은 우리들의 이야기도, 제갈세가의 경고도 그냥 외면했지. 어째서? 이유는 간단해. 개천회라는 큰 적이 어느 정도 힘을 잃은 것이 눈에 보이니 다음 목표를 노린 것이야. 오랜 세월 숙적이라 할 수 있는 패천마궁을 이번 기회에 아예 말살하고 싶었던 것이지. 개천회가 개입했다는 것을 뻔히 알면서도 슬그머니 눈을 감고. 무지(無知)는 용서받을 수 있다. 하지만 알면서도 모른 체하는 것은 용서받을 수 없는 죄다."

폭풍처럼 이어지는 풍월의 신랄한 비난에 좌중은 침묵을 할 수밖에 없었다.

"패, 패천마궁에서 당가타를 공격만 하지 않았어도 상황이 이 지경이 되지는 않았을 것이오."

천마대 부대주 협생의 목숨을 빼앗는 대가로 팔 하나를 잃은 청성파 문주 벽성자가 억울함이 가득한 음성으로 외쳤다.

"당가타?"

풍월이 입술을 비틀며 되물었다.

"변명하지 마시오. 환희살까지 사용해 가면 당가타를 공격하지 않았소?"

벽성자가 재차 물었다. 억울함을 넘어 분노까지 느껴지는 음성이다.

"그러니까 당신들이 저런 년에게 휘둘리는 머저리라는 거요. 당가타? 환희살? 그렇잖아도 내분으로 인해 만신창이가 된 패천마궁이 정말 그럴 여력이 있다고 생각한 건가? 아니, 설사 여력이 있다고 하더라도 언제 뒤통수를 칠지 모르는 개천회가 있는데 또 다른 적을 만든다? 미치지 않고서야 그런 병신 같은 짓을 할 사람은 없어. 아, 그걸 믿는 병신들은 있지만."

풍월의 비난에 얼굴이 벌게진 벽성자가 뭐라 호통을 치려는 찰나, 풍월의 시선은 이미 당령에게 향해 있었다.

"개천회에서도 꽤나 놀랐다더군. 아무리 미친년이라고 해도 설마하니 당가타를 희생양으로 삼는 자작극을 벌일 줄은 몰랐다고."

"그저 명분 어쩌고 하며 헛소리를 해대는 머저리들을 움직이는 데는 그만한 방법도 없었으니까."

당령은 변명을 하지 않았다. 오히려 자신의 계략에 넘어간 사천과 서북무림 무인들을 노골적으로 조롱했다.

풍월은 아연실색하는 이들을 바라보며 헛웃음을 흘렸다.

"들었소? 이제껏 당신들이 어떤 인간한테 휘둘렸는지. 그로 인해 얼마나 많은 이들이 헛되이 목숨을 잃었는지 말이오."

충격에 사로잡힌 사천, 서북무림의 무인들은 아무런 말도 할 수가 없었다. 무슨 말을 해도 한심한 변명이요, 어리석음을 드러내는 것밖에 되지 않았다.

사천, 서북무림의 충격도 충격이지만 누구보다 크게 동요한 것은 당가의 식솔들이었다.

풍월을 상대하느라 막대한 희생을 치른 덕에 이제 얼마 남지도 않은 당가의 식솔들은 당가타를 희생양으로 자작극을 꾸몄다는 당령의 말에 입을 다물지 못했다.

"가, 가주! 자, 자작극이라니! 패천마궁이 공격을 한 것이 아니었소? 설마하니 저자의 말이 사실이오?"

집법당주 당온의 물음에 당령은 아무런 대꾸도 하지 않았다.

"형님이 말씀해 보시오. 형님은 알고 있었을 것 아니오?"

당온이 당령을 지근거리에서 보좌해 온 장로 당중의 옷을 잡고 흔들며 물었다.

어느 정도 눈치를 채고 있던 당중은 아무런 말도 하지 못하고 눈을 감고 말았다.

"맙소사!"

당중의 태도에서 모든 것이 사실임을 확인한 당온이 자신도 모르게 비틀거렸다.

그것도 잠시, 치미는 분노를 이기지 못한 당온이 당령을 향

결자해지(結者解之) 269

해 몸을 날렸다.

"네년이 무슨 짓을 저질렀는지……."

당온의 말은 채 이어지지 못했다.

당령이 귀찮다는 듯 손을 내젓자 한 줄기 빛이 그의 심장을 관통해 버린 것이다.

힘없이 추락한 당온은 당령에게 저주를 퍼붓다 눈을 부릅뜬 채 숨이 끊어졌다.

핏줄에게도 거침없이 손을 쓰는 당령의 잔인함에 모두가 두려움에 떨었지만 풍월만큼은 그렇지 않았다.

"그래, 그게 바로 네 본모습이지. 사갈 같은 년. 그리고 미리 충고하는데 쓸데없는 짓은 그만해라."

"쓸데없는 짓?"

"무슨 수작을 부리는 것인지 모르겠지만 그만두라고. 설마 내가 유혹에 넘어갈 것이라고 생각한 거냐?"

순간, 당령의 눈빛이 살짝 흔들렸다. 당가의, 그녀의 만행이 드러났음에도 지금껏 보여주지 않았던 동요였다.

만독마존이 남긴 무공 중 그녀에게 가장 요긴하게 쓰인 것은 단연 채양흡정색혼술이었다.

채양흡정색혼술을 이용해 잃었던 무공을 회복하고 그녀를 노리개로 삼았던 추망우와 그의 수하들의 정혈을 모조리 갈취하는 데 성공했다.

그것뿐이 아니었다. 무공이 강해지면 강해질수록 색혼술의 위력도 강해졌다. 가볍게 짓는 미소, 내뱉는 숨결, 체취만으로도 원하는 상대를 색노(色奴)로 만들 수 있었다.

그리고 지금, 당령은 풍월을 향해 채양흡정색혼술을 극성으로 펼치는 중이었다.

물론 풍월을 색노로 만들 수 있다는 생각은 애당초 하지 않았다. 다만 어느 정도 흔들 수 있다고는 생각했다. 그런 기대가 무참히 깨진 것이다.

"네 웃음을 보면 절로 소름이 끼치고 체취에선 썩은 내가 진동한다. 역겨움을 참지 못할 정도야. 그러니까 집어치우라고. 이런 모습으로 싸울 수는 없잖아."

풍월이 한쪽 코를 막은 모습으로 비웃자 당령의 안색이 제대로 일그러졌다.

"죽여 버리겠어!"

앙칼지게 외친 당령이 품에서 주머니 하나를 꺼내더니 풍월을 향해 던졌다.

주머니는 풍월에게 접근하기도 전에 스스로 폭발을 했다.

주머니에서 쏟아져 나온 모래가 사방으로 흩어지기 시작했다.

그것이 삼대금용암기 중 하나라는 염왕사임을 알아본 풍월의 안색이 확 변했다.

"모두 피해!"

경고와 함께 모래의 중심으로 뛰어들며 소맷자락을 휘둘렀다.

대부분의 모래가 흩어지기 전에 풍월의 소맷자락에 말려들었지만 벗어난 일부만으로도 치명적이었다.

염왕사에 노출된 그 누구도 죽음을 피하지 못했다. 다만 풍월의 재빠른 반응으로 인해 염왕사에 희생된 자들은 모두가 사천, 서북무림과 당가의 식솔들이었다.

내력을 일으켜 염왕사를 담은 옷을 단숨에 태워 버린 풍월이 묵뢰를 들어 당령을 향해 겨눴다.

"두 번의 요행은 기대하지 마라. 이번엔 놓치지 않는다."

"그건 오히려 내가 해야 할 말 같은데. 넌 이미 끝났어."

당령이 섬뜩한 미소를 지으며 한 자 크기의 철통을 들었다. 무림 삼대금용암기로 유명한 혈루비다.

"할 테면 해봐."

풍월은 혈루비의 명성에 굴하지 않았다. 오히려 암기 따위에 의존하려는 당령의 어리석음을 비웃으며 걸음을 내디뎠다.

당령은 주저하지 않고 혈루비를 작동시켰다.

폭음과 함께 철통이 수백, 수천 조각으로 잘게 쪼개져 풍월을 향해 짓쳐 들었다. 그 하나하나가 치명적인 암기요, 극독이라 할 수 있었다.

그러나 풍월을 뒤덮었던 무수한 파편은 천마탄강이란 희대의 반탄강기를 뚫어내지 못했다. 대부분이 힘없이 튕겨져 나가거나 흔적도 없이 소멸했고, 더러는 튕겨 나가 오히려 당령을 노렸다.

당령은 양손을 교차하여 얼굴로 날아오는 파편을 막았다.

독중지성의 경지에 오른 그녀의 몸은 이미 만독불침은 물론이고 금강불괴의 수준에 이를 정도로 단단했다.

풍월은 당령이 파편을 아무렇지도 않게 튕겨내는 것을 보며 눈빛을 빛냈다. 그녀가 독중지성의 경지에 올랐다는 소문을 떠올린 것이다.

풍월이 극성으로 뇌운보를 밟았다.

한 줄기 빛으로 화하여 당령에게 쇄도하는 풍월.

당령이 주저 없이 손을 썼지만 눈으로 따라잡기엔 풍월의 움직임이 너무 빨랐다.

꽝! 꽝! 꽝!

둔탁한 충돌음과 함께 당령의 몸이 비틀거렸다. 그녀가 뒷걸음질 칠 때마다 땅이 움푹움푹 파였다.

하지만 그뿐이었다. 정확히 일곱 걸음을 물러난 뒤 중심을 바로 잡은 당령의 표정 어디에도 부상을 당한 흔적은 없었다.

"제법 단단하네."

풍월이 눈을 동그랗게 뜨며 말했다.

난화수에 제대로 가격을 당하고도 멀쩡한 당령의 모습에 조금은 당황했다.

몸뚱이를 후려친 왼손에 은은한 통증이 느껴졌다. 독인을 후려칠 때에도 이런 느낌은 아니었다. 게다가 단순히 접촉을 한 것에 불과함에도 손바닥이 시꺼멓게 변하고 있었다.

황급히 내력을 집중시켜 독기를 몰아냈지만 만독불침이나 다름없는 자신을 중독시킬 수 있는 독을 뿜어내는 것에 놀라지 않을 수 없었다.

'과연 만만치는 않네.'

풍월은 전설에서나 언급되던 독중지성의 경지가 어떤 힘을 지녔는지 새삼 느낄 수 있었다.

만겁지존독공(萬劫至尊毒功)을 극성으로 운기하기 시작하자 그녀의 주변으로 녹빛을 띤 기류가 형성되었다. 녹색 기류는 순식간에 주변을 장악하며 사방으로 퍼져 나갔다.

당령의 신형이 움직였다.

옥환보(玉環步)를 펼치며 풍월에게 접근하는 당령의 움직임은 그야말로 바람 같았다.

암기를 주로 사용하는 당가 무공의 특성상 보법과 신법이 발달할 수밖에 없는데, 옥환보는 당가가 자랑하는 여러 보법 중 가장 뛰어난 보법이었다.

풍월이 뇌운보를 펼쳐 그녀의 공세에서 벗어나려는 찰나, 그녀가 어느새 짙은 녹색으로 변한 손을 휘둘렀다.

손 모양의 강기가 풍월의 움직임을 따라 짓쳐 들었다. 동시에 다섯 가락의 지풍이 그가 움직일 수 있는 방위를 차단하며 접근했다.

만독마존의 절기 중 하나인 오독지(五毒指)다.

풍월이 왼손을 움직여 산화무영수를 펼쳤다. 비록 당령이 발출한 수강에 비해 파괴력은 약할지 모르나 몸을 지키기엔 충분했다.

허공을 수놓은 수영이 당령의 수강을 완벽하게 틀어막는 동안 풍월이 연속적으로 묵뢰를 찔렀다.

꽝! 꽝!

천마무적도 제삼초식 천마섬이 오방을 차단하면 짓쳐 오는 오독지를 일일이 쳐냈다.

하지만 그것이 끝이 아니었다.

수강과 오독지에 숨어 있던 암기가 풍월을 노리며 날아들었다. 그 움직임이 어찌나 은밀했는지 암기의 실체를 확인했을 땐 이미 피하기엔 늦은 상황이다.

즉시 묵뢰를 안쪽으로 끌어당기며 회전시켰으나 완벽하지가 않았다. 묵뢰의 방어막을 뚫어낸 일부의 암기가 풍월의 몸을 두드렸다. 하지만 구성을 넘어선 천마탄강은 어지간한 암기의 침범을 허용하지 않았다.

회심의 일격이 실패로 돌아간 것을 확인한 당령이 이를 악물며 연거푸 장력을 뿌렸다.

만독마존 최고의 절기라 할 수 있는 만첩독장(萬疊毒掌)이다. 과거에도 대단한 악명을 떨쳤지만, 독중지성의 경지에 이른 당령이 펼치는 만첩독장은 그 수준이 달랐다.

장력이 스치는 모든 곳의 생명이 말살되고 사물의 빛이 바랬다.

수십, 수백의 장력이 겹쳐지며 거대한 파도를 만들어냈다. 홀로 파도에 맞서야 하는 풍월이 묵뢰를 일직선으로 내리그었다.

천마무적도 팔초식 천마뢰.

뇌성벽력을 동반한 묵강이 일격에 파도를 양단했다.

당령은 눈 깜짝할 사이에 만첩독장의 기운을 파괴하며 짓쳐 드는 묵강에 기겁하며 손을 움직였다.

쾅!

나직한 비명과 함께 당령의 신형이 날아가 처박혔다.

그녀가 몸을 바로 하기도 전, 한 가닥의 예리한 강기가 그녀에게 향했다. 이를 느낀 당령이 즉시 몸을 굴렸다.

꽝! 꽝! 꽝!

당령의 몸을 아슬아슬하게 스치며 내리꽂히는 강기에 의해 땅거죽이 뒤집히고 한 자 깊이의 구덩이가 생겨났다.

필사적으로 몸을 굴리고 나서야 겨우 위기를 벗어난 당령의 눈빛은 원독에 차 있었다.

그 눈빛이 영 마음에 들지 않았던 풍월은 지체 없이 묵뢰를 휘둘렀다.

묵뢰에서 발출한 수십 개의 강환이 당령이 움직일 수 있는 모든 방위를 차단하며 그녀를 위협했다.

당령도 지지 않고 장력을 뿌렸다.

첩첩이 쌓인 장력이 매섭게 짓쳐오는 강환과 사방에서 부딪쳤다.

두 기운이 부딪칠 때마다 어마어마한 충격파가 사방에 휘몰아쳤다.

특히 당령의 장력엔 풍월도 감히 경시하지 못하는 극독이 포함된 터. 장력의 기운에 노출된 몇몇이 피를 토하며 즉사를 했다. 그 광경에 두 사람의 싸움을 지켜보던 모든 이들이 기겁하며 서둘러 뒤로 이동을 했다.

전장을 뒤덮은 흙먼지가 가라앉자 극명하게 대조되는 풍월과 당령의 모습이 드러났다.

다소 피곤한 기색을 띠고는 있지만 처음 모습 그대로인 풍월에 비해 당령의 모습은 실로 가관이었다.

입고 있던 전포는 갈가리 찢겨져 뽀얀 속살을 드러냈고 아무렇게나 잘려 나간 머리카락은 그녀가 흘린 피와 먼지로 범벅이 되어 있었다. 내상을 당한 듯 입과 코에선 붉은 피가 연신 흘러내렸다.

거칠게 숨을 몰아쉬는 당령은 믿을 수가 없었다.

채양흡정색혼술로 얼마나 많은 자들의 정혈을 갈취했던가. 그들의 정혈이 내력이 되어 단전에 쌓이고 기경팔맥에 도도히 흘렀다. 한데도 부족했다.

몇 번의 충돌로 그녀는 자신의 내력이 풍월에 비해 열세임을 깨달았다. 더불어 아무리 단단한 몸뚱이를 지니고 있다고 하더라도 시간을 끌면 끌수록 절대적으로 부족하다는 것도.

생각을 마친 당령이 전력을 다해 내력을 끌어모았다.

코와 입에서 터져 나오는 피의 양이 급격히 늘었지만 상관하지 않았다.

그녀의 몸에서 폭발적인 기운이 발출되었다.

드드드드.

지축이 흔들리며 당령을 중심으로 회오리가 일더니 주변의 모든 것들을 끌어당기기 시작했다.

풍월은 당령이 최후의 한 수를 준비한다고 직감했다. 굳이 방해할 생각은 없었다. 오히려 할 테면 해보라는 듯 방관했다. 어떤 수단을 동원하든 이길 수 없다는 처절한 패배감을 맛보게 하고 싶은 마음이었다.

회오리의 중심부에 있던 당령의 몸이 조금씩 위로 부상했다. 그럴수록 회오리는 강해졌고 회오리에 휘말린 사물이 기하급수적으로 늘어갔다.

"하앗!"

당령의 신형이 삼 장 높이로 부상했을 때 그녀의 입에서 힘찬 외침이 터져 나왔다.

파스스슷!

날카로운 파공성과 함께 회오리를 따라 돌고 있던 모든 것들이 일제히 외부로 발출되었다.

흙과 자갈, 부러진 무기, 찢어진 육편(肉片) 등 모든 것들이 하나의 암기가 되어 풍월을 노렸다.

그것이 전부가 아니었다.

당령이 피 묻은 전포를 벗어 휘돌리자 전포에 매달려 있던 수많은 암기들이 일제히 비산하기 시작했다. 동시에 요대에 꽂혀 있던 암기들 역시 풍월을 향해 발출되었다. 그리고 대미를 장식한 것은 두 통의 혈루비였다.

강렬한 폭음과 함께 혈루비가 풍월을 향해 작렬하는 것을 끝으로 당령의 모든 공세가 끝이 났다.

온 세상을 뒤덮은 암기의 무리들.

마치 꽃비가 내리는 것과 같다고 하여 만천화우(滿天花雨)라 부른다던가.

만독마존의 무공과 당가 최후의 비전이라 할 수 있는 만천화우의 조합에 싸움을 지켜보던 모든 이들의 표정이 딱딱히 굳었다. 특히 승리를 믿어 의심치 않던 패천마궁의 무인들이 두려움에 사로잡힐 정도로 당령의 공세는 압도적이었다.

풍월은 자신을 덮쳐오는 암기를 보며 언젠가 화도에서 보았던 유성우를 떠올렸다.

두렵기보다는 아름답다는 생각을 했다. 더불어 그 아름다운 풍경을 자신의 손으로 부숴야 한다는 것이 조금은 미안해졌다.

우우우우웅!

천마대공의 내력이 묵뢰에 실리자 웅장한 도명이 전장을 뒤흔들었다. 듣는 것만으로 내력이 진탕될 정도로 묵직한 울림이다.

전장을 뒤덮은 암기의 그늘을 노려보는 풍월의 눈빛이 차갑게 가라앉았다.

밤하늘을 가르는 뇌전처럼 날카로운 눈빛으로 당령의 공세를 바라보던 풍월의 입에서 나직한 음성이 흘러나왔다.

"똑똑히 봐라. 네년의 처참한 말로를!"

나직하지만 거역할 수 없는 힘이 깃든 음성이다.

전장을 뒤흔드는 풍월의 음성에 패천마궁 무인들은 환호했고 반대편에 있던 자들은 두려움에 몸을 떨었다.

풍월이 힘차게 발을 내딛으며 묵뢰를 움직였다.

온 세상을 가득 채우던 암기의 그림자가 묵뢰의 움직임에 따라 크게 휘청거리더니 촘촘한 그물에 구멍이 뚫리기 시작했다.

풍월의 무심한 음성이 다시금 흘러나왔다.

"느껴봐. 네년이 얻고자 했던 힘이 얼마나 무력한지를."

순간, 묵뢰에서 뻗어나간 묵강이 활화산처럼 폭발했다.

천마무적도 제구초식 천마멸이다.

이름 그대로 모든 것을 멸하는 절대적인 위력 앞에 하늘을 덮고 있던 거의 모든 암기들이 흔적도 없이 쓸려 버렸다.

하지만 바로 그때, 당령이 최후까지 내력을 실은 몇 개의 암기가 풍월을 향해 접근하는 데 성공했다.

천마탄강을 극성으로 펼치고 있던 풍월은 암기가 자신에게 아무런 해도 끼치지 못할 것이라 자신했다. 손바닥만 한 비수가 어깨에 박히기 전까지는.

"음."

풍월의 입에서 나직한 신음이 흘러나왔다.

고개를 숙여 어깨에 박힌 무기를 바라보았다.

익숙한 비수다.

풍월이 허리춤에 차고 있던 비수를 빼 들었다. 어깨에 박힌 것과 동일한, 당호규에게서 빼앗은 벽혈비였다.

'뭐지?'

풍월의 미간이 꿈틀거렸다.

벽혈비가 박힌 어깨에서 묘한 느낌이 전해졌다. 단순히 독기가 침범하는 느낌은 아니었다.

서둘러 벽혈비를 제거하려 할 때 피투성이가 된 당령이 깔깔대며 걸어왔다.

"이제 네놈은 끝장이다."

"네년이 할 말은 아닌 것 같은데."

피식 웃은 풍월이 말을 이었다.

"독이라도 발라놓은 모양이지? 하지만 독 따위는……."

"부시혈독고. 본녀가 심혈을 기울여 만들어낸 부시혈독고가 네 몸을 갉아먹을 것이다. 호호호호! 죽음보다 더한 고통을 안겨주면서."

뭐가 그리 즐거운지 당령은 허리를 꺾어대며 미친 듯이 웃음을 터뜨렸다.

곧바로 몸을 날린 풍월이 그녀의 얼굴을 무릎으로 찍어버렸다. 그리고 쓰러지는 그녀의 얼굴을 다시금 후려쳤다. 코와 입에서 선홍빛 피가 뿜어지고 흑요석으로 만들어진 의안이 튀어나와 바닥을 굴렀다.

"내가 부시혈독고를 모른다고 생각한 모양이지?"

풍월의 물음에 바닥을 기고 있던 당령의 눈빛이 크게 흔들렸다.

"내가 누구의 후예인지를 잊어선 곤란하지. 만독마존이 누구의 손에 죽었는지 또한."

풍월은 허리춤에서 빼 든 벽혈비로 어깨에 박혀 있는 벽혈비 주변의 살점을 도려냈다.

치솟는 피를 지혈한 풍월이 벽혈비가 박혀 있는 살점을 가리키며 말했다.

"지독한 놈이기는 하지만 나를 어쩔 순 없다."

풍월이 벽혈비를 이용해 살점에 박혀 있는 부시혈독고를 찾았다. 집중하여 찾지 않으면 발견하지 못할 정도로 작은 부시혈독고 두 마리가 벽혈비 위에서 꿈틀댔다.

"하지만 네년은 어떨까?"

"무, 무슨 짓을 하려는 거냐?"

그제야 풍월의 의도를 눈치챈 당령의 눈에 공포가 어렸다.

"독중지성이라지? 과연 견딜 수 있을까?"

풍월이 도망치려는 당령의 가슴을 발로 밟고는 벽혈비를

얼굴에 가져다 댔다. 벽혈비 위에서 꿈틀대던 부시혈독고가 그녀의 코로, 의안이 빠진 눈으로 재빨리 파고들어 갔다.

"아, 안 돼!"

기겁한 당령이 코와 눈을 후벼팠지만 부시혈독고는 이미 완벽하게 모습을 감춘 뒤였다.

"주, 죽여랏!"

당령이 원독에 찬 눈빛으로 소리쳤지만 풍월은 들은 체도 하지 않았다.

두려움에 당령이 스스로 목숨을 끊으려 했으나 풍월이 곧바로 손을 썼다.

당령의 마혈을 제압한 풍월이 차갑게 웃으며 말했다.

"쉽게 죽으려고? 말도 안 되지. 네년으로 인해 얼마나 많은 이들이 고통 속에서 목숨을 잃었는데. 네년도 그들이 겪은 고통을 직접 겪어봐야지."

"으으으."

풍월의 말이 끝나기도 전에 당령의 입에서 고통스러운 신음이 흘러나왔다. 두려움과 공포로 물든 눈빛을 보면 그녀의 몸에 침입한 부시혈독고가 본격적으로 움직이는 것 같았다.

"끄아아아악!"

당령의 입에서 괴성이 터져 나왔다. 동시에 온몸이 비틀리기 시작했다. 하지만 그마저도 쉽지 않았다. 풍월이 마혈을 제압해 놓은 터라 당령은 제대로 몸부림도 치지 못했다. 그저 옴짝달싹하지 못하는 자세로 고통을 감내해야 했다.

"아아아악!"

당령의 입에서 끊임없이 비명이 터져 나왔다. 어찌나 처절하고 끔찍한지 듣는 이 모두가 참지 못하고 귀를 막을 정도였다.

"주, 죽… 여줘. 제, 제… 발… 죽… 끄아아아악!"

당령은 몇 번이나 풍월에게 죽여달라 간청했다. 그러나 풍월은 그녀의 요구를 받아주지 않았다. 그렇게 반 각의 시간이 더 흘렀을 때, 보다 못한 당중이 달려와 당령의 심장에 단검을 박아 넣었다. 그마저도 막을까 하던 풍월은 한숨을 내쉬며 그냥 모른 체했다.

희대의 효웅이자 요녀 당령이 목숨을 잃는 것을 끝으로 모든 싸움은 끝이 났다.

당가와 사천, 서북무림의 무인들이 여전히 남아 있지만 당가와 개천회의 협잡을 알게 된 지금 완전히 전의를 상실한 상태였다. 설사 끝까지 전의를 다진다고 하더라도 애당초 싸움이 되지 않는다는 것을 알기에 미련 없이 무기를 던졌다.

천마군림! 만마앙복!

적들이 무기를 버리고 무릎을 꿇는 순간, 패천마궁 무인들은 일제히 승리의 환호성을 내지르며 풍월의 위업을 찬양했다.

*　　　　*　　　　*

항주의 어느 바닷가.

넓은 평상에 앉아 불어오는 시원한 바닷바람에 몸을 맡기고 있던 풍월이 뒤를 돌아보며 웃었다.

"왔냐?"

"예, 형님."

형웅이 슬며시 다가와 앉았다.

"지낼 만해?"

풍월이 술잔을 건네며 물었다.

"그냥저냥요."

"흐흐흐! 좋은 모양이구나."

형웅은 쑥스러움을 숨기고자 함인지 단숨에 술잔을 들이켰다.

"그런데 매혼루에선 아직도 연락이 오냐?"

"예, 그래도 빈도수는 확 줄었습니다."

"흐흐흐, 네 결심이 굳건하다는 것을 느낀 모양이다. 애당초 눈치가 없던 거지. 네가 어째서 하오문에 투신했는지 조금만 살펴보면 알 수 있는데."

"투신… 은 아닙니다."

형웅이 살짝 얼굴을 붉히며 말하자 풍월이 코웃음을 쳤다.

"아니긴 뭐가 아냐? 살황마존의 후예가 하오문의 수호신이 된 건 천하가 다 아는 사실인데."

"한데 형님은 괜찮으십니까?"

형웅이 슬며시 말을 돌렸다.

"뭐가?"

"패천마궁 궁주 자리를 걷어찼다면서요."

"애당초 내 자리가 아니니까. 개천회 놈들도 사실상 뿌리가 뽑혔고."

"하면 누가 궁주가 되는 것입니까?"

"나야 모르지. 일단 군사에게 일임해 놨으니까 자기들끼리 알아서 잘 뽑겠지. 실력으로야 풍천뇌가의 가주가 유력하지만 아무래도 원죄가 있어서. 잘 모르겠다."

형웅은 마치 남의 얘기를 하는 듯한 풍월의 태도에 헛웃음을 흘렸다.

"그런데 형수님은……."

형웅이 고개를 돌리며 물었다.

"물건 좀 사러 갔어. 그럴 필요 없다고 했는데 화도를 처음 방문하는 것이 조금 걸리는 모양이야. 집안 어르신도 아직 그곳에 계시고. 출발 때까지는 제법 시간이 남았는데도 많이 서두르네."

"어찌 보면 시댁에 처음 인사를 하러 가는 것이기도 하니까요. 아참, 그 얘기 들으셨습니까?"

"무슨 얘기?"

"황 아저씨가 장강수로맹을 공격했다고 하더라고요. 일전에 총단이 공격당한 일의 복수를 하겠다면서."

순간, 풍월이 자신도 모르게 머리를 짚었다.

"나 원, 총채주가 된 지 얼마나 됐다고 벌써부터 그 난리냐? 이러다 아예 무림을 정벌하겠다고 나서겠어."

"빚지고는 못 사는 성격이니까요."

형웅과 풍월은 키득거리며 술잔을 기울였다.

"참, 큰형님은 언제 오신다고 해요?"

"개방 제자들의 말로는 오늘내일이라고 하던데 정확히는 몰라. 아, 그리고 그 인간 오면 가급적 주 소저 얘기는 하지 마라."

"예? 왜요?"

형웅이 눈을 동그랗게 뜨고 물었다.

"잘 안 되는 모양이야. 하긴 나라도 그렇겠어. 말이 좋아 개방의 방주지, 결국 거지들의 우두머리란 소리잖아. 어떤 여자가 좋아하겠냐?"

"화 소저가 싫다고 한대요?"

"정확히는 몰라. 그런데 쉽지는 않은 모양이더라. 술 먹고 질질 짰다는 말도 있고. 크크크!"

큭큭거리던 풍월이 갑자기 웃음을 멈췄다.

그의 옆, 언제 온 것인지 구양봉이 도끼눈을 치켜뜨며 노려보고 있었다.

"와, 왔소?"

풍월이 겸연쩍은 웃음을 흘리자 구양봉이 들고 온 술동이를 거칠게 내려놓으며 소리쳤다.

"이것들이 형님 없다고 헛소리를 하고 있네. 내가 질질 짰다고? 어떤 놈이 그런 헛소리를 퍼뜨리는 거야."

"아님 말고."

"너!"

"술이나 받으쇼."

풍월이 얼른 술잔을 내밀었다.

벌컥벌컥 술을 들이켠 구양봉이 갑자기 형응을 불렀다.

"막내야."

"예, 형님."

한참을 망설이던 구양봉이 기어들어 가는 목소리로 물었다.

"비결이 뭐냐?"

『검선마도』 완결

초대형 24시 만화방

신간 100%, 샤워실, 흡연실, 수면실(침대석), 커플석, 세탁기 완비

■ 광명 광명사거리역점 ■

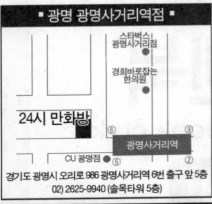

경기도 광명시 오리로 986 광명사거리역 6번 출구 앞 5층
02) 2625-9940 (솔목타워 5층)

■ 강북 노원역점 ■

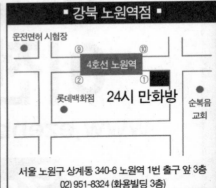

서울 노원구 상계동 340-6 노원역 1번 출구 앞 3층
02) 951-8324 (화용빌딩 3층)

■ 일산 정발산역점 ■

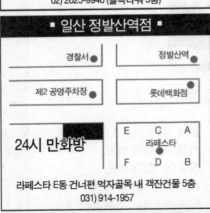

라페스타 E동 건너편 먹자골목 내 객잔건물 5층
031) 914-1957

■ 일산 화정역점 ■

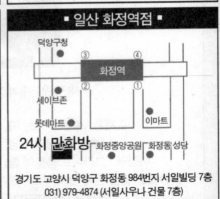

경기도 고양시 덕양구 화정동 984번지 서일빌딩 7층
031) 979-4874 (서일사우나 건물 7층)

■ 부천 역곡역점 ■

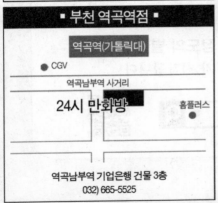

역곡남부역 기업은행 건물 3층
032) 665-5525

■ 부평역점 ■

(구)진선미 예식장 뒤 한신포차 건물 10층
032) 522-2871

실명 무사

김문형 新무협 판타지 소설

FANTASTIC ORIENTAL HEROES

망자가 우글거리는 지하 감옥에서
깨어난 백면서생 무명(無名).

그런데, 자신의 이름과 과거가 기억나지 않는다?
잃어버린 기억을 되찾기 위해 망자 멸절 계획의 일원이 되는 무명.

망자 무리는 죽음의 기운을 풍기며
점차 중원을 잠식해 들어가는데……!

"나는 황궁에 남아서 내가 누구인지 알아낼 것이오."

중원 천하를 지키기 위한
무명의 싸움이 드디어 시작된다!

Book Publishing CHUNGEORAM

유행이 아닌 자유추구 -
WWW.chungeoram.com

너의 옷이 보여

킹묵 현대 판타지 소설
MODERN FANTASTIC STORY

꿈을 안고 입학한 디자인 스쿨에서
낙제의 전설을 쓴 우진.
실망한 채 고국으로 돌아오기 직전 교통사고를 당하고,
아무것도 보이지 않던 왼쪽 눈에
무언가가 보이기 시작한다.

그것도 어딘가 이상하게.

오직 그 사람만을 위한 세상에 단 한 벌뿐인 옷.
옷이 아닌 인생을 디자인하라!

디자이너 우진, 패션계에 한 획을 긋다!

Book Publishing CHUNGEORAM

FUSION FANTASTIC STORY

초인의 게임

니콜로 장편소설

지저 문명의 침략으로 멸망의 위기에 빠진 인류.
세계 최고의 초인 7명이 마침내 전쟁을 종식시켰으나
그들의 리더는 돌아오지 못했다.

그리고 17년 후.

"서문엽 씨!
기적적으로 생환하셨는데 기분이 어떠십니까?"
"…너희 때문에 X같다."

죽어서 신화가 된 영웅.
서문엽이 귀환했다.

Book Publishing CHUNGEORAM

유행이 아닌 자유추구 -
WWW.chungeoram.com